세계 명단편

옮긴이 김성 _《레이디경향》《엘르》등의 월간지에서 기자로 활동했으며, 현재 출판기획자와 번역가로 활동하고 있다. 번역서로『월든』『키다리 아저씨』등이 있다.

옮긴이 김경미 _ 프랑스 국립고등사회과학대학원(EHESS)에서 사회인류학 박사 학위를 취득한 후, 현재 파리 디드로 대학(파리7대학) 전임 강사로 재직 중이다. 번역서로『어린 왕자』『오페라의 유령』등이 있다.

옮긴이 방대수 _ 서울대 국문학과와 동 대학원을 졸업하고〈조선일보〉〈중앙일보〉〈문화일보〉기자를 역임했다. 번역서로『위대한개츠비』『톨스토이단편선』등이 있다.

옮긴이 신혜선 _ 고려대 중문학과와 동 대학 언론대학원을 졸업하고〈여성신문사〉기자와《옹진닷컴》잡지 기자를 역임했다. 저서로『세상에서 가장 소중한 보물』『마음』, 번역서로『별』이 있다.

세계 명단편

—

개정판1쇄 2017년 7월 17일
지은이 오 헨리 외
옮긴이 김성 외
펴낸이 김영재
펴낸곳 책만드는집

—

주소 서울 마포구 양화로3길 99, 4층 (04022)
전화 3142 - 1585 · 6
팩스 336 - 8908
전자우편 chaekjip@naver.com
출판등록 1994년 1월 13일 제10-927호

—

* 잘못 만들어진 책은 구입하신 서점에서 바꾸어 드립니다.

ISBN 978-89-7944-614-2 (04800)
ISBN 978-89-7944-591-6 (세트)

세계 명단편

오 헨리 외 지음 · 김성 외 옮김

THE WORLD'S
BEST SHORT
STORIES

책만드는집

차례

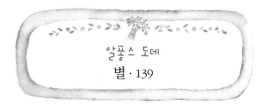

오 헨리 *(Henry, O : 1862~1910)*

오 헨리는 1862년 미국 그린스버러에서 태어났다.
결혼 후 은행 재직 중에 공금 횡령죄로 수감생활을 하면서
본격적으로 문학작품을 쓰기 시작했다.
그는 라틴아메리카의 혁명을 다룬 처녀작 〈캐비지와 왕〉을 시작으로
불과 10년 남짓한 기간 동안 300편에 다다르는 작품을 썼다.
〈크리스마스 선물〉은 가난한 서민들의 애환과 삶의 따뜻한 모습을 그려,
지금까지도 많은 사람들에게 사랑 받는 작품이다.
주요 작품으로는 〈경찰관과 찬송가〉, 〈마지막 잎새〉, 〈20년 후〉 등이 있다.

크리스마스 선물

오 헨리

크리스마스 선물

1달러 87센트, 이것이 전부였다. 게다
가 60센트는 1센트짜리 동전들이었다. 이것도
그나마 식료품 가게나 야채 가게, 정육점에서 물
건을 살 때마다, 흥정 끝에 값을 깎아 한 푼 두 푼 모은 것
이었다. 물건을 살 때마다 가게 주인들이 자신의 인색함
에 대해 손가락질하는 것 같아 얼굴을 붉혔던 적이 한두
번이 아니었다.

델라는 그 돈을 세 번이나 세어 보았다. 세고 또 세어 봐
도 정확히 1달러 87센트였다. 그런데 내일은 크리스마스

다. 낡고 초라한 작은 침대에 엎드려 큰 소리로 우는 일 말고는 다른 도리가 없었다.

델라는 침대에 얼굴을 묻고 울기 시작했다. 한참을 소리내 울다 보니, 문득 인생이란, 흐느낌과 훌쩍임, 그리고 미소, 이 세 가지인데, 그 중에서도 훌쩍이며 우는 일이 가장 많다는 생각이 들었다.

흐느껴 울던 이 집의 부인이 마음을 가라앉히는 동안, 잠시 방안을 둘러보기로 하자.

이 집은 일주일에 8달러를 내며 사는 가구 딸린 셋방이었다. 말할 수 없을 정도로 형편없지는 않았지만, 단속 경찰들이 들이닥치지는 않을까 걱정될 만큼 초라한 집이었다.

아래층 입구에는 편지라곤 구경도 못한 우편함과, 아무리 눌러도 울리지 않는 초인종이 있었

다. 그리고 거기에는 '제임스 딜링검 영'이란 이름이 쓰여진 문패가 붙어 있었다.

이 문패는 그 주인이 주당 30달러를 받던 옛날, 경기가 좋던 시절에는 미풍에 자랑스럽게 펄럭거렸었다. 그러나 수입이 20달러로 줄어든 지금은 '딜링검'이라는 글자에 먼지가 뿌옇게 앉아, 급기야 맥없고 빈티 나는 디(D)자로 줄어들 생각을 하는 것처럼 보였다. 그러나 바로 그 제임스 딜링검 영 씨가 이층에 있는 자신의 집에 들어오면, 앞에서 소개한 그의 부인 델라가 다정한 목소리로「짐」하고 부르며 품안에 안기곤 했다. 그것은 정말로 보기 좋은 광경이었다.

델라는 울음을 그치고, 눈물로 얼룩진 얼굴에 분을 발랐다. 그리고 창가에 서서, 뒤뜰의 회색 담 위로 잿빛 고양이가 기어가고 있는 것을 우울한 눈으로 멍하니 바라보고 있었다.

내일이 크리스마스인데 사랑하는 짐에게 선물을 사줄

수 있는 돈은 고작 1달러 87센트뿐이었다. 하지만 이것도 그녀가 몇 개월에 걸려 모은 돈이었다.

일주일을 20달러로 생활하는 것은 무척 힘든 일이었다. 말할 것도 없이 지출은 늘 예산을 초과했다. 짐에게 선물을 사줄 수 있는 돈은 달랑 1달러 87센트. 사랑하는 짐에게……. 그 사람에게 사줄 멋진 선물을 생각하며, 얼마나 큰 행복감에 젖었던가. 모조품 같은 것이 아니라 훌륭하고 아주 귀한 물건―짐이 가질 만한 가치가 있는 그런, 조금이라도 그것에 가까운 것을 선물하고 싶었다.

방안에는 창문과 창문 사이에 전신 거울이 하나 걸려 있었다. 8달러의 임대 아파트에서 흔히 볼 수 있는 거울이었다. 날씬하고, 또 아주 민첩한 사람이라야 그 거울에 비친 자신의 단면을 재빨리 이어서, 가까스로 자신의 모습을 파악할 수 있는 거울이었다. 날씬한 몸매의 델라는 이 묘기를 아주 훌륭히 해내고 있었다.

델라는 갑자기 거울 앞에 섰다. 두 눈은 반짝반짝 빛나

고 있었지만, 얼굴은 핏기가 점점 사라져 창백해 보였다.
그녀는 급히 묶어 올린 머리를 풀어 헤치고, 아래로 길게
늘어뜨렸다.

이 제임스 딜링검 영 부부에게는 두 가지 소중한 재산
이 있었다. 그것은 그들 부부가 가장 자랑스럽게 여기는
것이었는데, 그 중 하나는 짐의 금시계였다. 그것은 그의
할아버지 때부터 대대로 내려온 것으로, 짐의 아버지도
사용했던 것이다.

그리고 다른 하나는 델라의 긴 머리였다. 만약 시바의
여왕이 건너편에서 젖은 머리를 말리기 위해 창가에서 머
리카락을 늘어뜨린 델라를 봤다면, 단번에 여왕의 보석이
나 보물은 빛을 바래고 말 것이다. 또, 솔로몬이 관리인으
로서 온갖 보물을 아파트 지하실에 쌓아두었다 해도, 짐
이 그 앞을 지나면서 그의 시계를 내보였다면 솔로몬은
부러워서 연신 턱수염을 쓰다듬을 것이다.

그런 델라의 아름다운 머리카락이 지금 갈색 물보라가

튀는 폭포수처럼 윤기 있게 출렁거리면서 그녀의 어깨 위로 흘러내리고 있었다. 그녀의 머리카락은 무릎 밑까지 닿아서 마치 긴 외투라도 걸친 듯했다. 그리고 나서 그녀는 다시, 솜씨 좋게 머리를 감아 올렸다.

한순간 그녀는 주저했다. 그리고 가만히 선 채로, 눈물을 한 방울 두 방울, 닳고 닳은 빨간 융단 위에 떨구고 있었다.

델라는 오래된 갈색 짧은 재킷을 걸치고, 낡은 갈색 모자를 썼다. 그녀의 두 눈에는 반짝이는 눈물이 맺혀 있었다. 그녀는 치마를 펄럭이며 문을 열고 급히 계단을 내려갔다.

그녀의 발길이 멈춘 곳은, '마담 소프로니' 라는 머리 장신구를 파는 상점이었다. 계단을 뛰어 올라간 델라는 가쁜 숨을 몰아쉬며 마음을 가라앉혔다. 커다란 몸집에 속

이 비칠 듯이 투명하고 하얀 옷을 입은 차가운 인상의 여주인은, 아무래도 '소프로니(우아한 미인을 연상시키는 이름)'의 느낌과는 거리가 멀어 보였다.

「저……, 머리카락을 팔고 싶은데, 사시겠어요?」

델라가 물었다.

「모자를 벗고, 좀 보여 줘요.」

여주인이 말했다.

갈색 폭포수가 작게 물결치며, 델라의 어깨 위로 떨어졌다.

「20달러 드릴 게요.」

여주인은 익숙한 손짓으로 델라의 머리채를 들어올리며 말했다.

「좋아요. 빨리 주세요.」

델라가 말했다.

아아, 그로부터 두 시간……. 그 시간은 마치 장밋빛 날개를 단 것처럼 흘러갔다. 이런 상투적인 비유 같은 것은

아무래도 좋다. 델라는 짐의 선물을 사기 위해 거리에 있는 가게를 샅샅이 뒤지며 돌아다녔다.

그녀는 마침내 짐에게 줄 선물을 찾아 냈다. 뭐라고 할까, 이것이야말로 짐을 위해 만들어진 물건 같았다. 다른 누구의 것도 될 수 없었다. 다른 어떤 가게를 가도, 이런 물건은 찾을 수 없을 것 같았다. 가게라는 가게는 모조리 찾아 돌아다녔다.

짐에게 줄 선물은 단순한 디자인의 산뜻한 백금 시계 줄이었다. 촌스러운 장식도 붙어 있지 않고, 품질만으로도 충분히 그 값어치가 있는 물건이었다. 좋은 물건이란 모두 그렇겠지만 말이다. 그 시계 줄은 짐의 시계에 달아도 조금도 손색이 없었다.

델라는 그것을 보자마자, 이것이야말로 바로 짐의 것이라고 생각했다. 그 시계 줄은 그에게 꼭 어울리는 물건이었다. 수수하면서도 기품 있어 보이는 짐의 이미지와도

비슷한 물건이었다.

델라는 시계 줄 값으로 21달러를 지불하고, 남은 돈 87
센트를 들고 서둘러 집으로 돌아왔다. 짐의 시계에 이 시
계 줄을 달면, 짐은 이제 어디서나 당당하게 시계를 볼 수
있을 것이다. 시계는 나무랄 데 없는 것이었지만 낡은 가

죽끈을 달고 있어서, 짐은 이제까지 시계
를 볼 때마다 남몰래 살짝 꺼내 보곤 했
다.

델라는 집에 돌아와서야, 날아갈 것 같은
기쁨에서 깨어날 수 있었다. 분별력과 이성
을 되찾게 된 것이다.

그녀는 머리카락을 곱실거리게 만드는 세팅기를 꺼내,
남편을 사랑하는 마음으로 인해 볼품 없게 된 짧은 머리
를 손질했다. 그런데 그 일은 꽤 만만치 않은 일이며, 대
단히 성가신 일이었다.

40분도 채 못 되어 델라의 머리는 짧은 곱슬머리로 덮

여 마치 개구쟁이 학생처럼 보였다. 델라는 오랫동안 거울에 비친 자신의 모습을 바라보았다.

「나를 보자마자 화를 내진 않겠지?」

델라는 스스로를 위로하려고 애썼다.

「어쩌면 코니아일랜드의 합창 단원 같다고 할지도 몰라. 하지만 어쩔 수 없는 일이잖아. 아아……! 겨우 1달러 87센트를 가지고 뭘 살 수 있겠어?」

델라는 7시가 되자 커피를 준비할 물을 끓이고, 고기를 굽기 위해 프라이팬을 뜨겁게 달구었다.

짐은 좀처럼 늦는 법이 없었다. 델라는 시계 줄을 둘로 접어 손에 꼭 쥐고, 짐이 들어오는 문 가까이에 있는 테이블 의자에 걸터앉았다.

드디어 짐이 계단의 층계참을 밟고 올라오는 발자국 소리가 들려왔다. 순간, 아주 잠시 그녀의 얼굴은 백지장 같았다. 델라는 사소한 일에도, 마음속으로 기도를 하는 버릇이 있었다.

「오, 하느님! 부디 그 사람이 절 여전히 예쁘다고 생각하도록 해주세요.」

마침내 문이 열렸다. 곧 짐이 방으로 들어오고는 다시 문이 닫혔다. 비쩍 마른 짐은, 무척 진지한 표정을 하고 있었다. 아아, 그는 이제 겨우 22살이지만 가엾게도 가정이라는 무거운 짐을 지고 있었다. 그에게는 새 외투도 필요했고, 장갑도 없었다.

짐은 문 안쪽으로 들어서자, 메추라기의 냄새를 맡은 세터(역주 : 영국산 사냥개의 일종)처럼 멈춰서 꼼짝도 하지 않았다. 델라의 눈을 가만히 응시하고 있는 그의 눈에는 그녀가 헤아릴 수 없는 그 무언가가 담겨 있었다. 그것은 화가 났다거나 놀라움, 비난이나, 공포가 아니었다. 그녀가 예상하고 있었던 그 어떤 감정도 아니었다. 그는 단지, 그 이상야릇한 표정을 짓고는, 그녀를 뚫어지게 바라볼 뿐이었다.

델라는 머뭇거리며 테이블 의자에서 일어나 짐에게 다가갔다.

「여보, 짐!」

그녀는 큰 소리로 말했다.

「그런 눈으로 보지 말아요. 당신에게 선물도 못하고 크리스마스를 보낼 수가 없었어요. 그래서 머리카락을 잘라서 팔았어요. 하지만 짐, 머리카락은 또 자라요. 네? 그러니 신경 쓰지 말아요. 나도 달리 방법이 없었어요. 하지만 내 머리카락은 아주 빨리 자라요. 짐, '메리 크리스마스!'라고 말해 줘요. 그리고 우리 즐겁게 지내요. 당신은 아직, 내가 얼마나 멋지고 근사한 선물을 준비했는지 모를 거예요.」

「뭐라고? 머리카락을 잘랐다고?」

짐은 도저히 이 명백한 사실을 믿을 수 없다는 듯이 물었다.

「그래요, 잘라서 팔아 버렸어요. 하지

만 짐, 그래도 당신은 나를 변함 없이 사랑
해 주겠지요? 머리카락 같은 거 없어도,
나는 나예요. 네? 그렇죠?」

짐은 믿을 수 없다는 표정으로 방안을 둘
러보았다.

「당신의 아름다운 머리카락이 이젠 없단 말이지?」

그는 정신 나간 사람처럼 멍한 표정으로 되물었다.

「찾아봐도 소용없어요. 팔아 버렸는걸요. 팔아서 이제
는 없다고요. 짐, 오늘밤은 크리스마스 이브예요. 저에게
다정하게 대해 줘요. 모두 당신을 위해서 그랬어요.」

그녀는 부드러운 목소리로 말했다.

「하지만 당신에 대한 내 사랑은 어느 누구도 헤아릴 수
는 없을 거예요. 짐, 고기를 불에 얹을까요?」

짐은 넋을 잃은 상태에서 갑자기 깨어나는 것을 느꼈
다. 그는 사랑하는 아내를 힘껏 품에 안았다.

　여기서 잠시 눈을 돌려, 그다지 중요한 문제는 아니지만 하나 진지하게 생각해 볼 일이 있다. 도대체 일주일에 8달러를 버는 것과, 일 년에 백만 달러를 버는 것에는 어떤 차이가 있는 것일까? 수학자나 지식인들에게 물어봐도, 정확한 답변을 들을 수 없다. 성경에 나오는 동방 박사들도 고가의 선물을 가져왔지만, 정답은 그 선물 속에도 없었다. 이 수수께끼 같은 얘기는 어쨌든 나중에 밝혀질 것이다.

　짐은 외투 주머니에서 작은 꾸러미를 꺼내 테이블 위에 놓았다.
　「이봐 델라, 나를 오해하지 말아 줘. 당신의 머리 모양이 어떻든, 머리를 감지 않았든, 그런 것으로 내가 당신을 사랑하지 않을 거라고 생각해? 그 꾸러미를 펼쳐 봐. 그러면 어째서 내가 방금 전 당신을 보고 한참 동안 망연자실했는지 알게 될 거야.」

델라의 하얀 손가락은 재빠르게 꾸러미에 묶인 끈을 풀었다. 그리고 황홀한 기쁨의 탄성이 터져나왔다. 하지만 그 기쁨의 탄성은 곧바로 눈물로 바뀌었다. 짐은 진심으로 델라를 위로했다.

그 꾸러미에는 델라가 전부터 브로드웨이의 쇼윈도를 바라보며 무척 갖고 싶어했던 장식용 머리빗으로, 옆에 꽂는 것과 뒤에 꽂는 것, 한 세트였다. 가장자리에 보석을 박아놓은 진짜 귀갑(역주 : 거북의 등딱지)으로 만든 아름다운 머리빗으로, 그것은 사라져 버린 그녀의 아름다운 긴 머리에 잘 어울리는 환상적인 빛깔이었다.

그녀로서는 감히 엄두도 낼 수 없는 물건이라는 것은 알고 있었지만, 그래도 그것을 볼 때마다 그녀의 가슴 한 구석에서 솟구치는 뜨거운 동경에 잠기지 않을 수 없었다. 물론, 그것을 갖고 싶다는 생각은 할 수 없었다. 그런데 그것이 지금, 자신의 것이 된 것이다. 그러나 그렇게 동경하던 머리빗에 광채를 더해야 할 머리카락이 지금은

없어져 버린 것이다.

그러나 델라는 그것을 가슴에 꼭 끌어안고, 눈물 젖은 얼굴에 애써 미소를 지으며 고개를 들어 말했다.

「짐, 내 머리카락은 아주 빨리 자란다고요!」

그리고 나서, 천진난만한 델라는 털에 불이 붙은 아기 고양이처럼 팔짝팔짝 뛰어다니며 외쳤다.

「그래!」

짐은 아직 그녀가 준비한 아름다운 선물을 보지 못했다. 델라는 정신 없이 그 선물을 그의 눈앞에 가져가서 손바닥을 확 펼쳐 보였다. 찬란한 귀금속의 빛은 마치 그녀의 진실되고 열렬한 애정을 비추며 활활 타오르는 것 같았다.

「어때요? 훌륭하죠? 이것을 구하려고 하루 종일 온 거

리를 헤맸어요. 당신, 이제 하루에 백 번도 더 시계를 볼 수 있어요. 당신 시계 좀 주세요. 얼마나 잘 어울리는지 너무 궁금해요.」

그러자 짐은 시계를 꺼내는 대신 긴 소파에 털썩 주저앉더니, 양손을 머리 뒤로 가져가며 빙그레 미소지었다.

「델라!」

짐이 말했다.

「우리들의 크리스마스 선물은 잠시 치워야겠어. 그것들은 지금 사용하기에 너무 분에 넘치는 것들이야. 나는 당신에게 머리빗을 사주려고 시계를 팔았어. 자, 이젠 고기를 불에 올려놓아야지?」

여러분도 알다시피, 동방 박사들은 현명한 사람들이었다. 동방 박사들은 구유(역주 : 말 먹이를 담는 나무 그릇) 속에서 태어난 아기 예수에게 선물을 갖고 찾아온 사람들이다. 그들이 처음으로 크리스마스 선물을 생각해낸 사람들

이다. 현명한 사람들이었기에, 그들의 선물 또한 현명한 선물이었다. 아마도 그것들은 물건이 겹친 경우에는 다른 것과 바꿀 수 있는 특권을 갖고 있었을 것이다.

그래서 나는 여기에 자신의 가장 소중한 보물을 가장 현명하지 않은 방법으로 서로 희생한, 평범하게 사는 짐과 델라의 이야기를 짤막하게나마 소개한 것이다.

그러나 마지막으로 한 마디, 현대의 현인들에게 말하고 싶다. 선물을 주고받는 사람들 중에서 이들 두 사람이야말로, 가장 현명한 사람들이라고. 어디를 가도 가장 현명한 사람들, 그들이야말로 동방 박사들이라고……

모파상(*Maupassant, Guy de* : 1850∼1893)

프랑스의 자연주의 작가로 단편소설의 형식을 완성한 모파상은
1850년 프랑스 미로메닐에서 태어났다. 플로베르의 영향으로
문학에 뜻을 두어, 1876년에 시 〈물가〉로 문단에 나왔다.
1880년 E. 졸라가 간행한 〈메당 야화〉에 대표작 〈비곗덩어리〉를 발표했다.
〈목걸이〉는 인간의 욕망이 부른 어리석음과 비극을 자연주의적 입장에서
사실적인 기법으로 표현한 작품이다.
주요 작품으로는 〈메종 텔리에〉, 〈비곗덩어리〉, 〈여자의 일생〉 등이 있다.

목걸이

모파상

목걸이

그녀는 무척이나 아름답고 매력적인 여자였지만, 불행하게도 지독히 가난한 집에서 태어났다. 그녀는 지참금도 없었고 부모에게 물려받은 유산도 없었기 때문에 부잣집 남자와 결혼할 꿈도 꾸지 못했고, 그들을 만나볼 기회조차 없었다. 결국 그녀는 국민교육성에 다니는 하급 공무원과 결혼하게 되었다.

몸치장을 할 여유가 없어 늘 수수한 옷을 입을 수밖에 없었던 그녀는, 영영 밑바닥 인생으로 추락하는 것만 같아 자신이 늘 초라하고 비참하게 느껴졌다. 여자들이란 계급이나 혈통과는 상관없이 그들의 아름다움이나 매력만이 출신과 가문을 대신하기 때문이다. 그래서 여자들의 유일한 계급인 타고난 섬세함, 우아한 몸짓, 부드러운 마음씨만으로도 부잣집 남자와 결혼도 할 수 있고, 지체 높은 부인들과 함께 이야기도 나눌 수도 있는 것이다.

그녀는 자신이 온갖 우아함과 사치스러움을 누릴 만한 가치가 있는 사람이라고 생각해 왔기 때문에, 지금의 처지가 더욱 힘들고 괴로웠다. 자신의 초라한 집과 삐걱거리는 의자와 빛바랜 커튼을 보는 것은 그야말로 고통이었다. 자기와 계급이 같은 여자들은 느끼지 못하는 이 모든 것들이 그녀를 더욱 힘들게 만들었다.

초라한 집안을 청소하고 있는 브르타뉴 태생의 하녀를 바라보노라면 마음속에서 그 슬픔이 더욱 커졌고, 이상하

게도 헛된 망상에 자주 사로잡히곤 했다.

그녀는 동양적인 분위기가 느껴지는 벽지를 바르고, 높은 청동 촛대로 환해진 우아한 응접실을 떠올리다가, 짧은 바지를 입은 키 큰 하인이 따뜻한 난로의 기운에 꾸벅꾸벅 졸고 있는 한가로운 광경을 그려보았다. 고풍스러운 비단이 깔린 화려한 응접실과, 희귀한 골동품들이 진열되어 있는 값비싼 가구도 떠올렸다. 또 모든 여자들이 선망하는 사교계의 멋있는 남자들과 자신의 가장 친한 친구들과 함께 오후 5시의 한가로움을 만끽하기 위해 만들어놓은 아담하고 향기로운 살롱을 상상했다.

어느 날 저녁 식사를 하기 위해 며칠째 빨지 않은 식탁보가 덮인 둥근 식탁에 앉아 있는데, 맞은편에 앉은 남편이 수프 그릇 뚜껑을 열면서 기쁜 표정으로 「아, 정말로 훌륭한 수프야. 이보다 맛있는 수프는 세상에 없을걸!」 하고 말했다.

그녀는 남편의 말을 들으며 또 상상 속으로 들어갈 채

비를 했다. 반짝이는 은식기와 요정의 숲 속에 있는 신비한 새들이나 고대의 인물이 그려진 고급스러운 융단을 생각했다. 또 은식기에 담긴 훌륭한 음식들, 송어의 장밋빛 살과 꿩의 연한 날갯살을 먹으며 입가에 잔잔한 미소를 띠며 속삭이는 기품 있는 행동을 상상했다.

그러나 그녀는 근사한 옷도, 보석도 없었다. 정말 아무것도 가진 것이 없었다. 그러나 그녀는 그런 값비싼 물건들을 유난히 좋아했고, 스스로 그런 것들을 위해 태어났다고 자부했다. 그녀는 모든 사람들에게 사랑받고 싶었으며 매혹적이고 싶었고, 어디에서나 인기를 독차지하고 싶어했다.

그녀에게는 돈이 많은 부자 친구가 있었다. 수녀원 부속 여학교 동창생인데, 이제는 그 친구를 만나는 게 자꾸 꺼려졌다. 만나고 나면 괜한 슬픔에 젖어, 며칠이고 절망과 비탄에 빠져 눈물로 보낼 게 뻔했기 때문이다.

그러던 어느 날 저녁, 누런 봉투를 손에 들고 온 남편이

기쁨을 감추지 못해 들뜬 목소리로 말했다.

「자, 이 봉투 안에 당신을 위한 선물이 있소.」

그녀는 재빨리 봉투를 뜯어 그 안에 들어 있는 초대장을 펼쳤다.

 〈국민교육성 장관과 조르주 랑포노 여사가 1월 18일 월요일, 장관 관저에서 파티를 열고자 하니, 르와젤 부부께서 참석해 주시면 영광이겠습니다.〉

그러나 그녀의 남편이 기대한 것과 달리 뜻밖에도 그녀는 화를 내며 초대장을 탁자 위로 집어던졌다.

「도대체 이걸 왜 나한테 주는 거예요?」

「아니 여보, 난 당신이 좋아할 줄 알았소. 당신은 이제껏 외출 한번 제대로 하지 못했잖소. 아주 좋은 기회오. 게다가 이 초대장을 얻느라 얼마나 힘들었는데. 다들 이

초대장을 얻으려고 난리였다고. 우리 같은 하급 직원에게
는 몇 장 돌아오지도 않는단 말이오. 그리고 거기 가면 당
신이 보고 싶어했던 관리들도 볼 수 있소.」

그녀는 화가 난 얼굴로 남편을 쳐다보다가 참을 수 없
다는 듯 소리를 질렀다.

「대체 그곳에 뭘 입고 가란 말이에요?」

남편은 거기까진 미처 생각하지 못했
다. 그는 더듬거리며 말했다.

「극장에 갈 때 입는 옷이 있잖소. 난 보기
좋던데…….」

그는 울고 있는 아내를 보고는 어쩔 줄
몰라했다. 그녀의 눈에서는 굵은 눈물 방울이 흘러내리고
있었다. 그는 당황한 나머지 쭈뼛거리며 말했다.

「여보, 왜 그래? 정말 왜 그러는 거야? 응?」

그녀는 마음을 가라앉히고 눈물을 닦으며 차분한 목소
리로 말했다.

「아무것도 아니에요. 다만 난 입고 갈 옷이 없어서 파티에 도저히 갈 수가 없어요. 그 초대장은 나보다 옷이 많은 부인이 있는 동료에게 주세요.」

그는 무척이나 난처해하며 물었다.

「이봐, 마틸드. 괜찮은 옷은 얼마면 살 수 있지? 다른 때도 입을 수 있는 좀 수수한 옷말이야.」

그녀는 잠시 생각에 잠겨 계산해 보았다. 이 검소한 공무원이 놀라 쓰러지지 않을 정도의 금액을 곰곰히 따져 보았다.

「잘은 모르겠지만, 아마 4백 프랑 정도면 살 수 있을 거예요.」

그는 깜짝 놀랐다. 자신이 저축해 놓은 돈이 딱 4백 프랑이었다. 그는 그 돈으로 총을 사서 올 여름에 친구들과 함께 낭테르 평원으로 종달새 사냥을 가기로 마음먹고 있었다. 그러나 그는 말했다.

「좋아, 4백 프랑을 줄 테니 좋은 옷을 사도록 하지.」

마침내 파티의 날이 가까워오고 있었다. 그런데 무엇 때문인지 마틸드의 얼굴에는 근심이 서려 있었다. 그러는 동안 어느새 옷이 준비되었다.

어느 날 저녁, 남편이 물었다.

「마틸드, 왜 그래? 며칠 전부터 당신 안색이 안 좋아 보이던데.」

그녀가 말했다.

「몸에 지닐 보석은커녕 작은 장신구도 하나 없으니 걱정이에요. 난 거기서 제일 초라해 보일 거예요.」

「생화를 다는 건 어때? 이런 계절에 꽃을 달면 아주 멋질 거야. 10프랑이면 예쁜 장미꽃을 살 수 있어.」

그러나 그녀는 남편의 말을 들으려고 하지 않았다.

「싫어요. 돈 많은 여자들 틈에서 초라하게 서 있는 일처럼 수치스러운 일은 없을 거예요.」

그러자 남편은 뭔가 생각난 듯 말했다.

「당신도 참……, 당신 친구 잔느를 찾아가서 보석을 빌

려달라고 해봐. 당신과 친한 사이니 그런 부탁쯤은 들어
주지 않을까?」

　그녀는 몹시 기쁜 나머지 소리를 질렀다.

　「맞아요! 왜 진작에 그런 생각을 하지 못했을까?」

　이튿날 그녀는 친구 잔느의 집으로 찾아가 자신의 사
정 얘기를 했다.

　잔느는 거울이 달린 장롱 안에서 커
다란 보석 상자의 뚜껑을 열면서
말했다.

　「자, 네 마음에 드는 걸로 마음
껏 골라.」

　마틸드는 팔찌를 보다가 진주 목걸이
에 눈을 돌렸고, 그 다음에는 금으로 세공된 베니스제 십
자가를 만졌다. 그녀는 그 장신구들을 이것저것 몸에 달
아 보면서 어떤 것으로 해야 할지 결정하지 못했다.

　그녀가 망설이면서 물었다.

「다른 것은 없니?」

「물론 있지. 어떤 게 네 마음에 들지 모르겠네.」

그때 문득 까만 공단 상자 안에 있는 눈부시게 아름다운 다이아몬드 목걸이가 눈에 띄었다. 그녀의 심장은 말할 수 없이 거세게 뛰기 시작했다. 그것을 집어든 손마저 떨리고 있었다. 그녀는 깃을 세운 옷 위에 그 목걸이를 걸고는 자신의 모습에 반해 버린 듯, 넋나간 사람처럼 거울 속에 비친 자신의 모습을 한참 동안 바라보았다. 그리고 조심스럽게 물었다.

「이거 빌려 줄 수 있니? 이게 마음에 꼭 드는데……..」

「그럼, 물론이지. 빌려 줄게.」

그녀는 갑자기 잔느에게 달려들어 키스를 퍼부었다. 그리고는 그 목걸이를 가슴에 안고 도망치듯 잔느의 집에서 나왔다.

드디어 파티가 열리는 날이 왔다. 마틸다는 기분이 무척 좋았다. 그녀는 파티에 참석한 어떤 여자보다 아름답

고 우아했으며, 여유로운 미소를 지으며 황홀한 기분에
빠져 있었다. 모든 남자들이 넋을 잃고 그녀를 쳐다보았
고, 여기저기서 이름을 물으며 소개 받고 싶어 안절부절
못했다. 또 비서실의 수행원들은 그녀와 왈츠를 추고 싶
어했고, 장관의 눈길도 어느새 그녀에게 향해 있었다.

그녀는 기쁨에 들떠 황홀하게 춤을 추었다. 누구도 따
라오지 못하는 자신의 아름다움과 여기저기서 터져나오
는 찬사와 경의, 잠에서 갓 깨어난 자신의 욕망과 감미로
운 승리에서 흘러나온 행복 속에서 아무 생각도 할 수가
없었다.

그녀는 새벽 4시쯤 그곳을 나왔다. 남편은 자정부터 세
명의 다른 남자들과 함께 작은 응접실에서 새우잠을 자고
있었다. 남자들이 자고 있는 동안 그들의 부인들은 마음
껏 파티를 즐겼다. 밖으로 나오며 그는 외출할 때 걸치는
겉옷을 마틸드의 어깨에 걸쳐 주었다. 그 겉옷은 보통 때
입는 수수한 옷이어서 그녀가 입은 화려한 옷과 전혀 어

울리지 않았다. 그녀는 호화스러운 모피를 몸에 두른 다른 여자들이 볼까 봐 얼른 남편의 손을 뿌리쳤다.

르와젤이 그녀를 붙잡았다.

「기다려. 이대로 밖으로 나가면 감기 들어. 내가 얼른 가서 마차를 불러올게.」

그러나 그녀는 남편의 말을 듣지 않고 급히 계단을 내려갔다. 그러나 밖에는 마차가 한 대도 없었다. 그녀는 멀리 지나가는 마차를 소리쳐 불러봤지만 허사였다.

그들은 추위에 몸을 웅크리며 센강 쪽으로 걸어갔다. 그리고 부둣가에서 밤에만 돌아다니는 마차를 발견했다. 그 마차는 낮에는 감히 돌아다닐 엄두도 내지 못할 정도로 낡고 허름했다. 그들은 하는 수 없이 그 마차에 올라탔고, 이윽고 집앞에 도착했다.

그들은 쓸쓸하게 집안으로 들어갔다. 그녀에게는 모든 것이 끝나 있었다. 그리고 남편은 어느새 내일 아침 열 시까지 국민교육성에 출근할 일을 생각하고 있었다.

그녀는 다시는 보지 못할지도 모르는 자신의 화려한 모습을 한 번 더 보기 위해 거울 앞으로 가 어깨에 걸치고 있던 옷을 벗었다. 순간 그녀는 비명을 질렀다. 그녀의 목에 걸려 있던 목걸이가 없어진 것이다.

옷을 갈아입으려던 남편이 놀라서 물었다.

「아니, 무슨 일이오?」

그녀는 믿을 수 없다는 듯 얼굴이 하얗게 질려 말했다.

「저…… 저……, 잔느의 목걸이가 없어졌어요!」

남편은 놀란 마음에 몸을 일으키며 소리를 질렀다.

「뭐라고? 어떻게 됐다고? 그럴 리가…….」

그들은 옷 주름 사이와 외투자락, 주머니 속 할 것 없이 샅샅이 뒤졌다. 그러나 목걸이는 그 어디에도 보이지 않

았다.

「무도회장에서 나올 때는 있었소?」

「네. 현관에서도 만져보았는걸요.」

「길에서 잃어버렸다면 떨어지는 소리가 났을 텐데. 그
럼 마차 안에 떨어진 게 분명해.」

「그럴지도 몰라요. 당신, 혹시 마차 번호 알아요?」

「아니, 몰라. 당신은?」

「저도 몰라요.」

그들은 실망스러운 눈으로 서로를 멍하니 쳐다보았다.
르와젤이 다시 옷을 입기 시작했다.

「우리가 왔던 길을 다시 가서 찾아봐야겠소.」

그리고 그는 밖으로 나갔다. 그녀는 야회복을 입은 채
침대에 누울 힘도 없이 의자 위에 무너지듯 주저앉았다.

르와젤은 경찰서와 신문사에 가서 광고를 내고 마차 회
사에도 가보고, 찾을 만한 데는 모조리 알아봤다. 그러나
목걸이는 찾을 수 없었다.

그녀는 자신이 저지른 끔찍한 실수를 되새기며 안절부절못하고 남편이 오기만을 기다렸다.

한참 후 움푹 들어간 눈에, 하얗게 질린 얼굴로 남편이 돌아왔다. 그는 결국 목걸이를 찾지 못한 것이었다.

「당신 친구에게 목걸이 고리가 고장났다고 편지를 써야겠어. 그러면 조금이라도 시간을 벌 수 있으니까.」

일주일이 지나자 그들은 모든 희망을 잃어버린 듯했다. 그동안 오 년 쯤은 늙어버린 듯 피곤에 지친 르와젤이 단호하게 말했다.

「다른 것으로 사줄 수밖에 없겠어.」

다음날 그들은 목걸이가 들어 있던 상자를 들고, 거기에 적혀 있는 이름대로 보석상을 찾아갔다.

보석상 주인은 장부를 뒤적거리며 말했다.

「나는 이 목걸이를 판 적이 없어요. 아마도 보석 상자만 판 것 같군요.」

그들은 발이 부르트도록 하루 종일 보석상을 찾아 헤맸

다. 그들은 비슷한 목걸이를 찾아야 한다는 고민 때문에 쓰러질 지경이었다.

그들은 마침내 팔레르와얄이라는 보석상에서 잃어버린 목걸이와 비슷한 것을 찾아냈다. 하지만 자그만치 4만 프랑이었다. 보석상 주인은 3만6천 프랑에 주겠다고 말했다. 그들은 주인에게 사흘 안에 다시 올 테니 그 목걸이를 팔지 말라고 부탁했다. 그리고 만약 전에 잃어버린 목걸이를 다시 찾게 된다면, 그것을 3만4천 프랑에 다시 사주겠다는 조건으로 계약했다.

르와젤에게는 그의 아버지가 물려 준 돈 1만8천 프랑이 있었다. 나머지는 모두 빚을 얻어야 했다. 그는 친구에게 1천 프랑, 이웃집 사람에게는 5백 프랑, 여기서 5루이(역주 : 루이 13세 때 만든 20프랑짜리 금화), 저기서 3루이……, 이런 식으로 돌아다니며 돈을 구했다.

그는 어음을 발행했고, 고리대금업자는 물론이고 모든

대금주(貸金主)들과 거래하기 시작했다. 그는 자기 인생의 종말을 온통 위험한 일에 끌어들여야 했고, 갚을 수 없을지도 모르면서 감히 계약서에 서명을 했다.

그는 앞으로 자신에게 닥칠 번민과 정신적 고통, 지독히도 가난한 암담한 현실을 생각하며 눈앞이 캄캄해지는 것을 느꼈다. 그러나 그는 목걸이를 사기 위해 보석상으로 가서 계산대 위에 3만6천 프랑을 올려놓았다.

마틸드가 잔느에게 목걸이를 가져가자, 잔느는 언짢은 표정을 지으며 말했다.

「좀 일찍 돌려주지. 내가 필요할 수도 있잖아.」

그러나 다행히 잔느는 그 보석 상자를 열어보지 않았다. 마틸드는 잔느가 상자를 열어볼까 봐 마음을 졸이고 있었던 것이다. 만약 그녀가 그것이 자신의 목걸이가 아니란 걸 알게 된다면 자기를 어떻게 생각할까? 뭐라고 말할까? 자기를 도둑으로 몰아세우면 어떡하지? 하는 걱정

을 했다.

마틸드는 궁핍한 생활의 처절함을 서서히 깨달아 갔다. 그녀는 마음을 굳게 먹었다. 어쨌든 그녀는 그 끔찍한 빚을 다 갚아야 했다.

우선 그녀는 하녀를 내보내고 지붕 밑에 있는 작은 다락방에 세를 얻어 살게 되었다.

그리고 고되고 지겹기만 한 부엌일을 하게 되었다. 설거지를 하고 기름때가 잔뜩 앉은 사기 그릇과 냄비를 닦느라 그녀의 분홍색 연한 손톱이 닳고 있었다. 또 그녀는 더러운 속옷과 셔츠와 걸레를 비누로 빨아 빨래줄에 널어 말렸다. 그리고 매일 아침 쓰레기를 버리기 위해 길거리로 나갔고, 물통을 들고 계단을 오르며 가쁨 숨을 쉬느라 계단참에 앉아 쉬곤 했다.

그녀는 빈민층 여인들처럼 허름한 옷을 입고 바구니를 옆에 끼고, 채소 가게나 식료품 가게, 정육점에 가서 한푼이라도 더 깎으려다 욕을 얻어 먹으면서도 악착같이 돈을 모았다.

그들은 매달 어음을 지불해야 했고, 매번 돈을 갚는 기한을 연장시켜야 했다. 남편은 매일 저녁 어떤 상인의 장부를 정서해 주고, 한 페이지에 5우수를 받고 서류 대필을 해주며 돈을 모았다.

그런 생활은 어느새 십 년이나 계속되었다. 십 년이 지나서야 그들은 모든 빚을 갚을 수 있었다. 고리대금 이자와 그 이자의 이자까지 모조리 다 갚은 것이다.

이제 마틸드는 늙어 예전의 모습은 어디에도 찾아볼 수 없었다. 그녀는 가난한 살림을 꾸리느라 억세고 거친 여자가 되었다. 머리도 잘 빗지 않고, 치마는 아무렇게나 걸치고, 손등은 빨갛게 부르텄으며, 늘 윽박지르듯 말하곤 했다. 그러나 가끔 남편이 출근하고 없을 때, 창가에 기대앉아 예전 그 파티를 생각하며 아름답고 우아했던 자신의 모습을 그려보곤 했다.

만일 그 목걸이를 잃어버리지 않았다면 지금쯤 어떤 모습으로 있을까? 누가 알겠는가? 인생이란 얼마나 묘하고 무상한 것인가? 그 사소한 일이 한 인간을 나락으로 파멸시키기도 하고 구원하기도 하니 말이다.

어느 일요일, 그녀가 한 주일의 피로를 풀려고 샹젤리에 거리를 산책하고 있는데, 어린 아이를 데리고 산책하는 한 여자가 눈에 들어왔다. 친구인 잔느였다. 그녀는 여전히 아름다웠으며 매력적으로 보였다. 잔느를 본 마틸드는 가슴이 뛰는 것을 느꼈다.

'잔느에게 말을 걸어볼까? 그래, 그래야지. 이제는 빚도 다 갚았으니 모든 것을 다 말해야지. 말 못할 이유가 없지.'

그녀는 잔느에게 다가가 말을 걸었다.

「안녕? 잔느!」

그러나 잔느는 그녀를 알아보지 못한 채, 초라한 여자

가 자기를 정답게 부르는 소리에 놀란 눈치였다.

「그런데, 부인……. 전 부인을 잘 몰라요. 사람을 잘못 보신 것 같네요.」

「나야, 마틸드 르와젤이라고.」

「어머나! 가엾은 마틸드……. 세상에! 어떻게 이렇게 변할 수가!」

「그래, 그날 너와 헤어진 뒤 난 정말 힘들게 살았어. 아주 비참했다고. 그런데 이게 모두 너 때문이야!」

「뭐라고? 나 때문이라니? 그게 무슨 소리야?」

「혹시 예전에 국민교육성에서 열리는 파티에 가려고 너에게 빌린 다이아몬드 목걸이 생각나니?」

「응. 그런데?」

「그걸 내가 잃어버렸어.」

「무슨 소리야? 그때 나에게 다시 돌려 줬잖아?」

「비슷한 걸로 산 거야. 그리고 우리는 그걸 산 돈을 갚는데 십 년이 걸렸어. 가난한 우리로서는 쉬운 일이 아니

었다는 건 너도 알 거야. 하지만 이제 다 끝났어. 그래서 지금은 아주 홀가분해.」

마틸드의 말을 들은 잔느는 놀란 목소리로 물었다.

「내 목걸이를 잃어버려서 다시 다이아몬드 목걸이를 샀단 말이야?」

「그래, 넌 아직도 모르고 있었구나. 그래, 아주 비슷했으니까.」

잔느는 너무나 가슴이 아픈 나머지 마틸드의 손을 잡으며 말했다.

「이런……, 가엾은 내 친구, 마틸드! 그 목걸이는 가짜였어. 기껏해야 5백 프랑밖에 안 되는 거였다고!」

톨스토이 *(Tolstoi, Lev Nikolaevich : 1828 ~ 1910)*

러시아의 대문호 톨스토이는 1828년 러시아 폴랴냐의 부유한 가정에서
태어났다. 1851년에 카프카즈의 군대에 들어가면서 창작활동을 시작했다.
결혼 후 더욱 창작활동에 매진해, 세계문학 역사상 최고봉으로 알려진
〈전쟁과 평화〉를 완성했고, 그 후 〈안나 카레니나〉를 집필하여
비판 작가의 최고 걸작으로 높이 평가받고 있다.
1881년에 쓰여진 **〈사람은 무엇으로 사는가〉**는 종교적 인간애와
도덕적 자기 완성이 잘 나타난 작품이다.
주요 작품으로는 〈부활〉, 〈나의 인생〉, 〈인생독본〉 등이 있다.

사람은 무엇으로 사는가

톨스토이
사람은 무엇으로 사는가

한 구두 수선공이 부인과 아이들과 함께 어느 농부의 집에 세 들어 살고 있었다. 이 구두 수선공에겐 자기 집도, 땅도 없었기 때문에 오로지 구두를 만들고 고치는 것만으로 생계를 꾸려가야 했다. 더구나 빵값은 비싸고 구두 수공비는 쌌기 때문에 버는 돈은 전부 먹는 데로 들어갔다. 그에게는 부인과 함께 입는 외투가 딱 한 벌 있었는데, 그것마저도 낡고 해져서 그는 2년 전부터 새로 만들 외투 양가죽을 사기로 마음먹고 있었다.

가을로 접어들자 그의 손에도 얼마 되지는 않지만 조금

의 여유가 생겼다. 그의 부인의 지갑에는 3루블의 지폐가 들어 있었고, 그것 외에도 마을 사람들에게 빌려준 돈이 5루블 20카페이카나 있었다.

어느 날 구두 수선공은 아침부터 마을로 양가죽을 사러 갈 준비를 했다. 그는 아내의 면내의를 껴입고 그 위에 라사(역주 : 모직물의 하나)로 된 긴 외투를 걸치고, 3루블을 주머니에 넣고는 부러진 나뭇가지를 지팡이 삼아 아침을 먹자마자 곧장 집을 나섰다.

그는 생각했다.

'꿔준 돈 5루블을 받으면, 거기에 3루블 더해서 양가죽을 사야지.'

마을에 도착한 그는 한 농부의 집을 찾아갔지만 농부는 외출하고 없었다. 다만 그 부인에게 이번 주 안으로 빌린 돈을 갚겠다는 약속만 받아내고 다른 농부의 집으로 향했다. 그러나 그 농부 역시 하늘에 맹세코 한푼도 없다며 구두 수선비로 겨우 20카페이카를 줄 뿐이었다. 하는 수 없

이 그는 양가죽을 외상으로 사려고 했지만 가죽 장사는 외상은 절대로 안 된다고 했다.

「우선 돈을 가져오게나. 그런 다음 원하는 것을 사야지. 외상값 받는 일에 이젠 진절머리가 난단 말이야.」

결국 그는 겨우 구두 수선비 20카페이카를 받고, 어느 농부에게서 낡은 털장화를 수선하는 일을 부탁 받았을 뿐 헛수고만 하고 돌아왔다.

구두 수선공은 기분이 상해서 20카페이카로 보드카를 마시고는 양가죽은 사지도 못한 채 집으로 향했다.

아침에 집에서 나올 때는 꽤 추웠던 것 같았는데 술을 한잔 마시고 나니 그럭저럭 견딜 만했다.

그는 한 손으로는 지팡이로 얼어붙은 땅을 두드리고, 다른 한 손으로는 털장화를 휘두르면서 혼잣말로 중얼거리며 걷고 있었다.

「딱 한 잔했는데도 온몸이 후끈

후끈한 걸. 이제 모피 같은 건 필요 없어. 뭐든지 다 잊고 걸어갈 수 있어. 이 몸은 이런 분이란 말이야! 도대체 뭐가 어떻다는 거야? 그까짓 외투 같은 거 없어도 살 수 있어. 그런 건 나한테 어울리지 않아. 다만 마누라가 징징거리며 가만 있지 않을 테지……. 아, 이거 정말 골치 아프군. 내가 화가 나는 건 나는 네놈들을 도와줬는데, 네놈들은 나를 바보 취급한다는 거야. 두고 보겠어! 만약 다음에도 돈을 안 갚으면 네놈들의 모자를 잡아채 줄 거니까, 반드시 빼앗아버릴 거야. 그런데 이건 도대체 무슨 경우야? 20카페이카밖에 안 주다니! 대체 이걸로 뭘 하라고! 고작 술 한 잔 값이라니. 말은 좋다! 곤란하다고? 네놈들이 곤란하면 난? 네놈들은 집도 있고, 가축도 있고, 뭐든지 다 있지만, 나한텐 이것뿐인데. 네놈들 집엔 빵도 있지만 나는 하나에서 열까지 모두 돈으로 사야 해! 적어도 일주일에 3루블은 빵값으로 써야 한다고. 지금 당장 집에 돌아갔는데 만약 빵이 떨어졌다면 또 1루블 반은 써야 돼. 그러

71

니까 내 형편을 생각해서라도 돈을 갚아야지!」

　이렇게 중얼거리면서 걷다 보니 어느새 길모퉁이에 있는 교회 근처까지 왔다. 그때 교회 뒤쪽으로 언뜻 흰색 물체가 보이는 것 같았다. 이미 노을이 지고 있었기에 갈 길은 바빴지만 그는 호기심 어린 눈으로 그곳을 쳐다보았다. 그러나 도무지 무엇인지 알 수가 없었다.

　'저쪽에 저런 돌은 없었는데……. 짐승인가? 아니야, 짐승 같지는 않은데……. 머리 모양을 봐서는 사람 같기도 하고. 그런데 사람치고는 너무 하얗단 말이야. 아무래도 이상한데? 게다가 사람이라면 왜 저런 곳에 있는걸까?'

　그는 좀더 가까이 다가가 보았다. 그제서야 그 물체가 또렷하게 보였다. 그런데 이상한 것은 사람인 것은 분명한데 도대체 살았는지 죽었는지, 벌거벗은 채로 교회 벽에 기댄 채 꼼짝도 하지 않고 있는 것이었다.

　그는 갑자기 무서운 생각이 들었다

73

'아마 누군가가 이 남자를 죽이고 옷을 빼앗은 후 도망 간 것이 틀림없어. 모르고 옆에 갔다가, 나중에 무슨 봉변을 당할지 몰라.'

　그래서 그는 그냥 그곳을 지나갔고 교회 모퉁이를 지나자 더이상 그 남자의 모습은 보이지 않았다. 하지만, 조금 가다가 다시 생각해 보니 마치 그 남자가 이쪽을 보고 있는 것 같은 느낌이 들었다. 그는 더욱 무서운 생각이 들었다.

　'다시 가볼까? 아니면, 이대로 그냥 가버릴까? 옆에 갔다가 무슨 억울한 일을 당할지도 모르는데. 어떤 놈인지도 모르잖아. 당연히 좋은 일로 저런 데 있을 리는 없고. 만약 옆에 갔다가 목이라도 조르는 날에는 꼼짝없이 당할텐데. 설령 목을 조르지 않는다고 해도 귀찮은 일을 당할 게 뻔한데. 그나저나 저 벌거숭이를 어떻게 하지? 그렇다고 내가 걸치고 있는 것을 벗어줄 수는 없고. 아! 하느님, 제발 그냥 아무 일 없던 것처럼 지나가게 해주세요.'

그는 걸음을 재촉했다. 하지만 교회
를 지나게 되자 슬슬 양심에 가책이
느껴졌다. 그는 길 한가운데에서 멈춰
섰다.

'세몬! 대체 뭘 하고 있는 거야. 사람이 어려움을 당해
죽어가고 있는데 무섭다고 보고만 있다니. 엄청나게 많은
돈이라도 가지고 있는 거야? 어디 빼앗길 거라도 있냐고?
그렇게 무서워? 어이, 세몬! 이건 아니야!'

결국 그는 발길을 돌려 그 남자에게로 갔다.

세몬이 그 남자에게 다가가 자세히 보니 그는 건장해 보이는 젊은이로 누군가에게 얻어맞은 흔적 같은 건 보이지 않았다. 그저 추위에 몸이 얼어 있었고 몹시 두려워하는 듯했다.

그는 지쳤는지 벽에 몸을 기대고 앉은 채 세몬을 쳐다보지도 않았다. 그는 세몬이 바짝 옆으로 다가서자 그제야 고개를 들어 세몬을 바라보았다. 세몬은 자기를 쳐다보는 그 눈빛만으로도 그 젊은이에게 어떤 동정심이 생기는 것 같았다. 그는 곧 들고 있던 털장화를 바닥에 내려놓고는 허리띠를 풀어 털장화 위에 논 다음 급히 외투를 벗었다.

「이보게, 젊은이. 우선 이걸 입는 게 좋겠어!」

세몬의 부축을 받아 겨우 일어난 젊은이는 훤칠한 몸매에 무척 선하고 귀여운 인상이었다.

세몬은 젊은이의 어깨에 외투를 걸쳐주었지만 팔이 소매 속으로 잘 들어가지 않았다. 세몬은 젊은이의 두 팔을 소매 속으로 넣어주고는 옷자락을 당겨 앞을 여민 다음 허리띠를 묶어주었다. 그리고 쓰고 있던 낡은 모자도 벗어서 젊은이에게 줄까 생각했지만, 갑자기 '나는 대머리인데 이 젊은이는 머리숱이 많잖아' 하는 생각이 들어 다시 모자를 썼다.

'아무래도 모자보다는 신발을 신겨주는 게 좋겠어.'

그래서 세몬은 그 젊은이에게 털장화를 신겨주었다.

「이제 됐네, 젊은이. 자 조금씩 걷다 보면 몸이 녹을 거야. 아무 걱정 안해도 돼. 다 잘 될 거야. 그런데 걸을 수는 있겠나?」

젊은이는 부드러운 눈길로 세몬을 바라보고 있었지만 여전히 아무 말도 하지 않았다.

「왜 아무 말이 없나? 이런 곳에서 어떻게 겨울을 날 수 있겠어? 집으로 돌아가야지. 자, 기운이 없으면 나한테 기대도 돼. 힘을 내야지!」

젊은이는 곧 걷기 시작했고, 다행히 뒤처지지 않고 잘 따라왔다.

젊은이와 나란히 걷고 있던 세몬이 물었다.

「자네는 도대체 어디서 왔나?」

「저는 이 고장 사람이 아닙니다.」

「이 고장 사람이 아니란 건 나도 알고 있네. 그러니까 왜 이곳에 왔냐고? 더군다나 교회 같은 데를 말일세.」

「그건 말씀드릴 수 없습니다.」

「보아 하니 나쁜 놈들한테 당한 거 같은데?」

「아닙니다. 누구도 저에게 나쁜 짓을 한 적이 없습니다. 다만 저는 하느님께 벌을 받고 있는 중입니다.」

「그렇다면 모든 것이 하느님의 뜻이겠군. 그건 그렇고

어디라도 들어가서 쉬어야 할 것 아닌가? 도대체 어디로 갈 작정인가?」

「저는 갈 곳이 없습니다.」

세몬은 놀랐다. 젊은이는 불량스러워 보이지도 않았지만, 자신에 관해서는 조금도 말하려고 하지 않았다. 그래서 세몬은 생각했다.

'뭔가 말 못할 사정이 있는 게 분명해.'

그리고 그 젊은이에게 말했다.

「그럼, 우리 집에 같이 가세나. 몸을 좀 녹이면 정신이 맑아질 걸세.」

세몬이 다시 걷자 젊은이도 그 뒤를 따라왔다. 세몬은 찬바람에 점점 술기운이 깨면서 한기가 느껴졌다. 세몬은 코를 훌쩍거리며 생각했다.

'아무래도 외투는 날아가 버린 것 같군. 양가죽 사러 나와서 입고 있던 옷까지 벗어주고, 게다가 이런 벌거숭이 사내까지 데리고 가면 분명 마트료나가 가만 있지 않을

거야.'

　아내를 생각하니 세묜은 가슴이 답답해져 왔다. 그러나
옆에서 말없이 걷고 있는 젊은이를 돌아보니 처음 그가
자신을 바라보던 그 눈빛이 생각나 왠지 모르게 가슴이
두근거렸다.

세몬의 아내는 일찌감치 집안일을 끝내놓고 있었다. 마트료나는 장작을 쪼개고 물도 길어오고 아이들과 함께 식사를 마친 후 생각했다.

'빵은 언제 구울까? 오늘? 아니면 내일 아침에 구울까?'

빵은 아직 한 토막 정도 남아 있었다.

'혹시 세몬이 밖에서 뭔가를 먹고 온다면 저녁은 조금만 먹겠지? 그러면 내일 먹을 빵은 충분하네.'

그녀는 빵그릇을 몇 번이나 들쳐보며 궁리했다.

'아무래도 빵 굽는 일은 내일 해야겠어. 밀가루도 얼마 없고 금요일까지는 버텨야 하잖아.'

마트료나는 빵 굽는 일을 그만 두기로 하고 남편의 낡

은 내의를 깁기 시작했다. 그녀는 바느질을 하면서 남편이 어떤 양가죽을 사올지 궁금해졌다.

'부디 가죽 장사에게 속지 말아야 할 텐데. 그이는 사람이 좋기만 해서 남을 속이기는커녕 쥐방울 만한 녀석들한테까지도 속는 사람이라 걱정이야. 8루블이면 큰 돈인데. 그 정도면 무척 좋은 양가죽을 살 수 있을 거야. 작년 겨울만 해도 모피 외투가 없어서 얼마나 고생했던지. 강에 물을 길러갈 수가 있나, 어디 나갈 수가 있나. 오늘만 해도 저 사람이 외출하느라 입을 만한 건 다 입고 가서 나는 뭐하나 입을 만한 게 없잖아. 그건 그렇고 왜 이렇게 늦지? 벌써 돌아올 시간이 지났는데. 설마 어디서 술을 마시고 있는 건 아니겠지?'

마트료나가 이런저런 생각을 하고 있는데 그때 현관에서 발자국 소리가 들렸다. 마트료나는 바늘을 옷감에 꽂아놓고 입구 쪽으로 나가 보니 남자 둘이 들어오고 있었다. 세몬 옆에는 웬 낯선 젊은이가 모자도 쓰지 않고 털장

화를 신은 채 우두커니 서 있었다. 그녀는 곧바로 남편이 술을 마셨다는 것을 알아차렸다.

'이것 봐, 내 이럴 줄 알았어!'

그러면서 남편을 바라보니 그는 외투도 안 입고 게다가 손에는 아무것도 없이 빈손으로 서 있었다. 그녀는 화가 머리끝까지 치밀어 올랐다.

'그럼 그 돈으로 전부 술을 마셔버린 거야? 분명 이 낯선 건달하고 같이 마시고 그것도 모자라 여기까지 끌고 온 거야.'

더구나 그 낯선 젊은이가 입고 있는 외투는 바로 그들 부부에게 하나밖에 없는 외투였다. 또 그는 외투 속에 내의를 입지 않은 것 같았다.

방에 들어온 젊은이는 우뚝 선 채로 꼼짝도 않고 있었다.

마트료나는 생각했다.

'틀림없이 뭔가 나쁜 짓을 저지른 사람 같아. 봐, 겁을

먹고 있잖아.'

마트료나는 얼굴을 찌푸린 채로 벽난로 쪽으로 가서 두 사람이 하는 행동을 지켜보았다.

세몬은 모자를 벗고 나서 화가 난 아내를 짐짓 모른 체하며 태연하게 의자에 걸터앉으며 말했다.

「빨리 저녁 준비를 해야지. 뭐하는 거야?」

마트료나는 투덜거리며 벽난로 옆에 선 채 꼼짝도 하지 않았다. 그녀는 남편과 낯선 젊은이를 번갈아보면서 고개만 젓고 있었다.

세몬은 아내가 일부러 심술을 부리고 있다는 것을 알고 있었지만 모른 체하며 젊은이의 손을 잡고 말했다.

「자, 앉게나. 저녁 먹어야지.」

그러자 젊은이는 의자에 걸터앉았다.

「뭐야? 아직 저녁 준비 안 된 거야?」

그녀는 더욱 화가 치밀어올랐다.

「식사 준비요? 물론 다 됐어요. 그렇지만 당신들 줄 건 없어요. 양가죽 사러 나가서는 입고 간 외투까지 벗어주고 그것도 모자라 집에까지 데리고 와서는 저녁을 준비하라고요? 우리 집엔 당신들 같은 술주정뱅이에게 줄 음식 같은 건 없어요!」

「그만해. 마트료나! 뭐 그렇게까지 말할 건 없잖아. 그것보다 우선 이 사람이 어떤 사람인가부터 물어봐야 하는 거 아니야?」

세몬은 주머니를 뒤져 지폐를 꺼내 마트료나에게 내밀었다.

「돈이라면 여기 있소. 그런데, 도리포노프한테서는 못 받았어. 내일 준다고 하더군.」

마트료나는 기가 막혔다.

'사온다던 양가죽은 안 사오고 하나밖에 없는 외투마저 낯선 사람에게 벗어주고 그것도 모자라 집으로까지 끌고 오다니!'

그녀는 테이블 위의 있는 돈을 집어들고는 말했다.

「우리 집엔 빵 같은 건 없어요. 누가 벌거숭이 술주정뱅이에게까지 빵을 주겠어요?」

「이것 봐, 마트료나. 말 조심해. 우선 우리 사정 얘기부터 들어달라고!」

「술주정뱅이한테서 무슨 말을 듣겠어요. 처음부터 당신 같은 사람과 결혼하는 게 아니었는데. 어머니가 주신 옷감들도 모두 술값으로 날려버리더니 이번엔 옷감 사러간다고 하고선 그것마저도 홀딱 써버리다니.」

세몬은 아내에게 술을 마신 건 20카페이카뿐이라는 것과 이 젊은이를 데리고 온 이유를 설명하려고 했지만 그녀는 들으려고 하지 않았다. 어디서 그렇게 쏟아져 나오는지 쉴새 없이 떠들어대더니 10년도 더 된 이야기까지 끄집어냈다. 그녀는 급기야 세몬에게 달려들더니 그의 옷소매를 잡고 흔들어댔다.

「자, 내 옷 돌려줘요. 딱 하나밖에 없는 옷인데 그것마

저 빼앗아 입더니 염치도 좋지, 어서 내놔요. 이 바보 같은 사람아, 이럴 바에야 차라리 죽어버리는 게 낫지!」

세몬이 옷을 벗으려는 순간, 그녀가 소매를 세게 당기는 바람에 옷소매가 뜯어졌다.

그녀는 밖으로 나가려고 하다 문득 걸음을 멈춰 섰다. 화는 났지만 그래도 저 낯선 젊은이가 어떤 사람인지는 알고 싶었던 것이다.

마트료나는 문 앞에 선 채로 말했다.

「당신 말대로 저 사람이 온전한 사람이라면 저런 차림으로 돌아다닐 리가 없잖아요. 저 사람은 속옷도 안 입었다고요. 게다가 당신도 좋은 일을 했다면 어디서 이 남자를 데려왔는지 왜 똑바로 말하지 못하는 거예요?」

「어디 당신이 내 말을 들으려고 했소? 자, 마음을 가라앉히고 내 말을 들어봐. 집으로 걸어오고 있는데 글쎄 이 사람이 벌거벗은 채로 교회 옆에 앉아 있는 거야. 몸은 완전히 얼어 있었고. 여름도 아닌데 다 벗은 채로 말이야. 하느님께서 도우신 거지. 내가 발견하지 않았으면 이 사람은 벌써 얼어죽었을 거야. 살다 보면 별의별 일이 다 생겨. 그러니 마음을 좀 진정시키고 이 사람 처지를 생각해

보라고. 사람은 모두 언젠가는 죽는단 말이야.」

마트료나는 욕이라도 퍼부으려 했지만 젊은이를 보고
는 그만 두었다. 젊은이는 의자 끝에 걸터앉아 꼼짝도 않
고 있었다. 양손을 무릎 위에 올려놓고 고개는 가슴께까
지 늘어뜨리고는 눈은 감은 채 얼굴을 찡그리고 있었다.

마트료나가 잠잠해지자 세몬은 다시 말을 이었다.

「마트료나, 당신 마음속에는 하느님이 안 계시는 거
야?」

마트료나는 그 말을 듣고는 다시 한번 젊은이를 바라보
았다. 그러자, 그녀의 분노는 차츰 가라앉기 시작했다. 그
녀는 곧 아무 일도 없었다는 듯이 난롯가로 가서 저녁을
준비하기 시작했다. 테이블 위에 그릇을 놓고 그곳에 쿠
어스(역주 : 맥주와 유사한 음료)를 붓고 남아 있던 빵조각
을 내놓았다.

「자, 다 됐어요. 식사들 하세요.」

세몬은 젊은이에게 말했다.

「자, 좀더 옆으로 당겨 앉게 젊은이.」

세몬은 빵을 잘라서 잘게 뜯은 후 먹기 시작했다. 마트료나는 테이블 끝 쪽에 앉아서 한 손으로 턱을 받치고는 낯선 젊은이를 쳐다보았다. 마트료나는 그 젊은이가 불쌍하게 느껴졌고 그를 돌봐줘야겠다고 생각했다. 그러자 갑자기 젊은이는 표정이 밝아지며 찡그렸던 얼굴을 펴더니 그녀를 쳐다보고는 싱긋 웃었다. 두 사람이 식사를 끝내자 그녀는 그릇을 치우며 젊은이에게 묻기 시작했다.

「당신은 어디에서 왔어요?」

「저는 이곳 사람이 아닙니다.」

「어째서 이런 곳까지 왔나요?」

「그것은 말씀드릴 수 없습니다.」

「입던 옷은 누가 빼앗은 거죠?」

「아닙니다. 전 하느님께 벌을 받고 있는 중이었습니다.」

「그래서 벌거벗은 채로 쓰러져 있던 거

예요?」

「예. 벌거벗은 채로 쓰러져 죽어가고 있는 걸 세몬이 발견하고 가엾게 여겨 자신이 입고 있던 옷을 벗어서 제게 입혀주고는 여기까지 데리고 온 겁니다. 그리고 이곳에 오니 또 당신이 저를 불쌍하게 여기고 먹을 것을 주셨습니다. 하느님은 꼭 당신들을 도와주실 겁니다!」

마트료나는 자리에서 일어나 조금 전 바느질을 하고 있던 세몬의 낡은 내의를 집어 낯선 젊은이에게 주고는 바지도 찾아서 건네주었다.

「자요, 보아 하니 내의도 안 입고 있는 것 같군요. 이걸 입고 아무 데나 내키는 곳에 가서 주무세요. 침대 위든, 난로 옆이든.」

마트료나는 잠자리에 누웠지만 낯선 청년의 일이 머릿속에서 떠나질 않아 쉽게 잠을 청할 수가 없었다. 그가 마지막 남은 한 덩어리 빵을 먹어버렸기 때문에 당장 내일 먹을 빵이 없다는 것과, 내의와 바지까지 준 일들을 떠올리고는 이내 울적해졌다. 하지만 그가 싱긋 웃던 표정을 생각하니 마음이 한결 가벼워졌다.

마트료나는 오래도록 잠을 이루지 못했다. 세몬도 쉬이 잠들지 못하는지 뒤척거렸다.

「세몬! 당신들이 조금 전에 마지막 남은 빵을 다 먹어버려서 내일 먹을 것이 없네요. 어떻게 해야 좋을지 모르겠어요. 말라냐 아줌마네서라도 좀 빌려올까요?」

「그래도 되고……. 설마 산 입에 거미줄이야 치겠어?」

마트료나는 아무 말이 없었다.

「그런데 저 사람 나쁜 사람 같지는 않은데 왜 자신의 신분을 밝히지 않을까요?」

「글쎄, 무슨 말 못할 사정이 있겠지.」

「세몬!」

「응…….」

「우리 같은 사람도 이렇게 남에게 베푸는데, 왜 우리에

겐 아무도 베풀지 않는 걸까요?」

　세몬은 뭐라고 말해야 좋을지 몰랐다.

「아무려면 어때.」

　그렇게 말하고는 돌아누워 잠을 청했다.

5

아침이 되어 세몬은 눈을 떴다. 아이들은 아직 자고 있었고, 마트료나는 옆집으로 빵을 빌리러 갔다. 어젯밤에 데리고 온 젊은이만 혼자 낡은 내의를 입은 채 의자에 앉아서 천장만 바라보고 있었다. 그의 모습은 어제보다 한결 밝아보였다.

「어이, 젊은이! 배는 먹을 것을 원하고, 벌거벗은 몸은 입을 것을 원하네. 사람은 일해서 먹고살아야 해. 자네는 무슨 일을 할 줄 아나?」

「저는 아무것도 할 줄 모릅니다.」

세몬은 놀라서 말했다.

「모든 것은 마음먹기에 달렸지. 어떤 일이라도 노력하면 할 수 있다네.」

「예, 모두들 일을 하니 저도 거들겠습니다.」

「자네, 이름이 뭔가?」

「미하일입니다.」

「미하일, 자네는 자신에 대해 얘기하는 걸 꺼려하는 모양인데 그건 자네 사정이니 아무래도 좋지만 먹고살려면 돈을 벌지 않으면 안 되네. 내가 시키는 대로 일해 준다면 우리 집에 머물러도 좋네.」

「감사합니다. 열심히 배우겠습니다. 무슨 일이든 가르쳐 주십시오.」

세몬은 실을 손가락에 감아서 꼬기 시작했다.

「그리 어렵진 않으니 잘 보게…….」

미하일은 유심히 지켜보더니 이윽고 금방 따라했다. 이번에는 그에게 실을 사용하는 방법을 가르쳤다. 미하일은 그것 역시 금방 익혔다. 그 다음은 가죽 깁는 일을 가르쳤다. 미하일은 이것 역시 금방 배웠다. 세몬이 어떤 일을 가르쳐도 그는 금방 배웠고 사흘째부터는 오래 전부터 구두 수선일을 했던 사람처럼 능숙하게 일하기 시작했다.

그는 몸을 아끼지 않고 일했는데 그다지 많이 먹지도 않았다. 한가할 때에도 농담을 하거나 웃는 법이 없었고, 좀처럼 외출도 하지 않았다. 그러니까 그가 웃는 모습을 본 것은 처음 이 집에 온 날, 마트료나가 그에게 저녁 식사를 대접했을 때뿐이었다.

6

하루가 지나고 일주일이 지나 어느덧 1년이란 세월이 흘렀다. 미하일은 변함 없이 세몬의 집에 살면서 일을 했다. 이미 미하일의 솜씨는 온 동네에 소문이 나 있었고 미하일만큼 튼튼하고 보기 좋은 구두를 만드는 사람은 없다며 칭찬이 자자했다. 덕분에 여기저기서 주문이 밀려와 세몬의 수입도 늘어났다.

어느 겨울날, 세몬이 미하일과 함께 일하고 있는데, 삼두마차가 방울소리를 내며 달려오고 있었다. 두 사람이 창 밖을 내다보니 마차는 집 앞에서 멈추고, 젊은 남자가 마부석에서 뛰어내리더니 마차 문을 열었다. 마차 안에서 내린 사람은 모피 외투를 걸친 점잖은 신사였다.

신사는 세몬의 집 계단으로 올라왔다. 곧 마트료나가

뛰어나가 문을 열어주었다. 신사는 허리를 구부려 가게로 들어와서는 다시 허리를 폈는데, 머리가 천장에 닿을 정도로 키가 컸고 몸집도 방이 꽉 찰 정도로 건장했다.

세몬은 자리에서 일어나 인사를 하며 그 신사의 거대한 몸집에 입을 다물지 못하고 서 있었다. 여태껏 그렇게 큰 사람을 본 적이 없었기 때문이었다. 세몬도 호리호리한 체격이었고 미하일도 마른 편에다 마트료나로 말할 것 같으면 마치 마른 나뭇가지와 다를 바 없었기 때문에, 그 신사는 다른 나라에서 온 사람 같았다.

그 신사의 얼굴은 불그스름하고 윤이 났으며 목은 황소처럼 굵고 몸 전체가 마치 무쇠로 만든 것 같았다. 신사는 크게 한번 숨을 내쉬더니 외투를 벗고 의자에 앉았다.

「누가 주인인가?」

세몬이 앞으로 다가갔다.

「네, 제가 주인입니다. 나리.」

그러자 신사는 자기 하인에게 큰소리로 말했다.

「이봐, 페치카. 물건을 이리 갖고 와!」

그러자 하인이 달려가 무슨 꾸러미 하나를 갖고 왔다. 신사는 그것을 받아서 테이블 위에 놓고는 「풀어!」라고 말하자 하인이 꾸러미를 풀었다. 그것은 가죽이었다.

신사는 그 가죽을 가리키며 세몬에게 말했다.

「이봐 주인, 이게 무슨 가죽인지 알겠나?」

「네, 나리! 알다마다요.」

「이봐! 정말 이게 무슨 가죽인지 안단 말인가?」

세몬이 가죽을 만져보며 말했다.

「네, 아주 좋은 가죽입니다요.」

「아주 좋은 가죽입니다요? 이런 얼간이! 자네 같은 사람이 이런 고급 가죽을 어디에서 구경이나 해봤겠어? 이건 독일제로 자그마치 20루블이나 주고 산 거라고!」

세몬은 겁먹은 표정으로 대답했다.

「감히 저 같은 놈이 어떻게 이런 귀한 물건을 만져봤겠습니까.」

「그야 그렇겠지. 그러면 이 가죽으로 내 발에 꼭 맞는 장화를 만들 수 있겠나?」

「네, 나리! 만들 수 있습니다.」

신사는 큰 소리로 호통치듯 말했다.

「흥, 만들 수 있다고? 네 이놈, 이것으로 누구의 장화를 만드는 건지, 어떤 가죽으로 만드는지 잘 염두에 두어야 해! 난 1년 정도 신어도 모양이 변하지 않고 이음새도 터지지 않는 장화를 원해. 그러니 자신 있으면 맡아서 가죽을 재단하게. 그러나, 못할 것 같으면 일찌감치 포기하고 가죽에는 손도 대지 마. 미리 말해 두지만 장화가 1년도 못 가 이음새가 터지거나 모양이 변하면 너를 감옥에 처넣겠다. 대신 1년이 지나도 터지지 않고 모양도 변하지 않는다면 너에게 수공비로 10루블을 주지.」

세몬은 겁이 나서 뭐라고 말도 못하고 슬쩍 미하일을

쳐다봤다. 그리고는 팔꿈치로 그를 치며 작은 소리로 물었다.

「이봐! 미하일, 어떻게 하지?」

미하일은 일을 맡으라는 신호로 고개를 끄덕거렸다. 세몬은 미하일의 뜻에 따라 장화를 만들기로 했다.

신사는 하인을 불러 왼쪽 발의 신발을 벗기라고 하고는 다리를 내밀었다.

「자, 치수를 재게!」

세몬은 50센티미터 정도 길이의 종이를 잘 편 다음, 무릎을 꿇고 신사의 양말이 더러워지지 않도록 앞치마에 손을 닦고 치수를 재기 시작했다. 먼저 발바닥을 재고 발등을 잰 다음 종아리를 재려고 했으나 그 종이자로는 도저히 잴 수가 없었다. 신사의 종아리는 마치 통나무처럼 굵었기 때문이었다.

「조심해! 종아리가 꽉 끼지 않게 하란 말야!」

세몬은 곧 다른 종이를 이어 붙였다. 신사는 의젓하게

앉은 채로 양말 속의 발가락을 꼼지락거리며 주위를 둘러보았다. 그리고 미하일을 보고는 말했다.

「저 남자는 누군가?」

「저희 집 직공인데 솜씨가 아주 좋습니다. 나리의 장화도 저 사람이 만들 것입니다.」

「그럼, 자네도 똑똑히 알아두라고! 1년 동안은 끄떡없는 장화를 만들어야 해!」

그러나 미하일은 신사를 쳐다보지도 않은 채 뒤쪽 구석을 뚫어지게 쳐다보고 있었다. 마치 그곳에 누군가가 있어 유심히 살피고 있는 것 같은 표정이었다. 미하일은 그런 모습으로 한참 동안 있더니 갑자기 싱긋하고 미소를 지은 뒤 환하게 웃는 것이었다.

「이런 바보 같은 놈, 뭘 보고 웃고 있는 거야? 정신 차려서 기한 내에 틀림없이 만들도록 하라고!」

그러자 미하일이 대답했다.

「네, 기한 내에 틀림없이 만들겠습니다.」

「분명히 명심하라고!」

신사는 구두를 신고 모피 외투를 걸친 다음 문 쪽으로 향했다. 그런데 몸을 구부려야 하는 걸 깜박 잊고는 심하다 할 정도로 세게 이마를 부딪쳤다. 신사는 한바탕 욕설을 퍼붓더니 이마를 문지르며 마차를 타고 가버렸다.

신사가 탄 마차가 사라지자 세몬이 말했다.

「정말 대단한 사람이야! 큰 망치로 맞아도 끄떡없을 것 같아. 조금 전에 그렇게 세게 부딪쳤는데도 아무렇지도 않은가 봐.」

그러자 마트료나도 말했다.

「저렇게 호강하며 사는데 마르고 싶어도 마를 수가 있겠어요? 저런 크고 튼튼한 사람은 저승사자도 벌벌 떨 거예요.」

세몬이 미하일에게 말했다.

「일을 맡긴 했지만 잘못했다간 감옥행이니 걱정이야.
가죽은 비싸고 나리의 성질은 불 같고. 어떻게든 실수 없
이 해야 할 텐데. 이봐, 미하일! 자네가 나보다 눈도 밝고
솜씨도 좋으니 여기 이 치수대로 재단을 하게나. 나는 겉
가죽을 꿰맬 테니.」

미하일은 세몬이 시키는 대로 신사가 가져온 가죽을 펼
쳐놓고는 가위를 들고 재단을 하기 시작했다. 미하일 옆
에서 재단하는 모습을 지켜보고 있던 마트료나는 그의 행
동을 보고는 깜짝 놀랐다. 그 동안 장화 만드는 일을 많이
보아왔기 때문에 어느 정도 눈에 익었는데 미하일은 신사
가 주문한 모양과는 다르게 재단을 하고 있는 것이었다.

마트료나는 한마디하려다가 속으로 생각했다.

'내가 나리의 장화를 어떻게 만드는지 잘못 알아들었는 지도 몰라. 아무래도 미하일이 나보다 잘 알고 있을 테니 참견하지 않는 게 좋겠어.'

미하일은 재단을 끝내고는 실로 꿰매기 시작했다. 그러 나 장화를 만들 때 사용하는 두 겹 실이 아니라 슬리퍼를 꿰맬 때 사용하는 한 겹 실을 사용하는 것이었다. 마트료 나는 더욱 놀랐지만 역시 아무런 말도 하지 않았다.

미하일은 열심히 가죽을 꿰매고 있었다. 그러는 동안 점심때가 되어 세몬이 자리에서 일어나 보니 미하일 옆에 는 벌써 그 신사의 가죽으로 만든 슬리퍼 한 켤레가 완성 되어 있었다.

세몬은 너무 놀라 한숨을 내쉬었다.

'아니, 이게 뭐야? 미하일은 1년 동안 한 번도 실수를 한 적이 없었는데 하필이면 지금 이런 실수를 저지르다 니. 나리는 가죽 장화를 주문했는데, 슬리퍼를 만들어서

가죽을 쓸모 없게 만들다니. 나리에게 뭐라고 말해야 하나? 이런 가죽은 쉽게 구할 수도 없는데.'

그리고는 미하일에게 물었다.

「이보게, 미하일. 대체 어찌된 일인가? 내 목을 자르려고 그래? 나리는 장화를 주문했는데 자네는 대체 뭘 만든 건가?」

세묜은 기가 막혀 미하일에게 꾸지람을 하고 있는데 밖에서 무슨 소리가 들렸다. 두 사람이 창문으로 내다보니 누가 말을 타고 와서 말고삐를 매고 있었다. 문을 열고 들어온 사람은 조금 전에 왔던 신사의 하인이었다.

「안녕하세요?」

「네, 무슨 일로 왔나요?」

「아까 주문한 장화 때문에 마님의 심부름을 왔습니다.」

「장화 때문이라니요?」

「나리는 이제 장화가 필요 없게 되었습니다. 나리께서 갑자기 돌아가셨거든요.」

「아니, 뭐라고요?」

「집으로 돌아가시던 중에 마차 안에서 숨을 거두셨어요. 댁에 도착해서 마차 문을 열었더니 나리께서 가마니처럼 쓰러져 이미 굳어 있었어요. 그래서 간신히 마차에서 끌어내렸지요. 마님께서 말씀하셨어요. '구둣방 주인에게 가서 전해라. 나리께서 주문하신 장화는 이제 필요 없게 되었으니 대신 죽은 사람이 신는 슬리퍼를 빨리 만들어달라고 말야.' 그리고는 만드는 동안 기다렸다가 가지고 오라고 말씀하셨어요.」

미하일은 재단하고 남은 가죽을 집어들어 챙겨놓고는 완성된 슬리퍼를 들어 툭툭 털어서 앞치마로 닦고는 하인에게 건네주었다.

하인은 「안녕히 계세요」라며 슬리퍼를 받아들고 돌아갔다.

미하일이 세몬의 집으로 온 지 벌써 6년째가 되었다. 그는 예전처럼 밖에도 나가지 않았고 필요없는 말도 하지 않았다. 그 동안 딱 두 번 웃은 게 전부였다. 한 번은 이 집에 처음 오던 날 마트료나가 그를 위해 저녁 식사를 준비해 주었을 때였고, 또 한 번은 신사가 방문했을 때였다.

세몬은 미하일이 너무나 기특했다. 그는 미하일에게 어디서 왔는지 더 이상 묻지도 않았고, 단지 미하일이 훌쩍 떠나지는 않을까 걱정했다.

어느 날 온 식구가 집에 모여 있을 때 마트료나는 난로 위에 냄비를 올려놓고 있었고, 아이들은 의자를 넘나들며 창 밖을 내다보고 있었다. 세몬은 창가에서 열심히 구두를 꿰매고 있었고, 미하일은 다른 창가에서 굽을 달고 있었다. 그때 아들이 의자를 넘어 미하일 옆으로 와서는 그의 어깨를 흔들며 창 밖을 가리키며 말했다.

「미하일 아저씨, 저것 좀 봐요. 어떤 아줌마가 여자애들을 데리고 우리 집으로 오고 있어요. 그런데 한 아이는 절름발이에요.」

그 말을 들은 미하일은 갑자기 하던 일을 멈추고 창문 쪽으로 고개를 돌려 밖을 내다보았다.

세몬은 놀랐다. 미하일이 창문에 얼굴을 바싹 대고 정신 없이 뭔가를 보고 있었기 때문이었다. 그래서 세몬도 밖을 내다보니 어떤 부인과 아이들이 자기 집으로 오고 있었다. 그 부인은 모피 외투를 입고 털목도리를 두른 두 여자아이의 손을 잡고 있었다. 여자아이들은 누가 누구인지 구별이 안 될 정도로 닮았다. 그런데 한 아이는 왼쪽 다리를 절룩거리고 있었다.

부인은 계단을 올라와 문을 열었고 두 여자아이를 앞세워 안으로 들어왔다.

「안녕하세요?」

「어서 오세요, 어떻게 오셨나요?」

부인은 테이블 앞에 앉았다. 두 여자아이는 그녀의 무릎에 매달리며 사람들을 낯설어하는 것 같았다.

「봄에 이 아이들이 신을 구두를 맞추려고요.」

「그러세요. 이렇게 작은 구두는 아직 만들어본 적은 없지만 뭐든 만들 수 있을 겁니다. 여기 있는 미하일의 솜씨가 보통이 아니거든요.」

세몬이 이렇게 말하며 미하일을 돌아보니 그는 하던 일을 멈추고 여자아이들을 바라보고 있었다. 세몬은 미하일의 그런 태도에 깜짝 놀랐다.

사실 두 여자아이들은 얼굴이 아주 예뻤다. 까만 눈동자에 포동포동하고 불그스레한 볼에 입고 있는 모피 외투와 목도리도 고급이었다. 세몬은 미하일이 무슨 이유로 그들을 그렇게 쳐다보는지 이해할
수 없었다. 마치 오랫동안 알고 있
는 사이처럼 보였다.

　세몬은 이상하게 생각하면서도 부인과 흥정을 하고 있
었다. 곧 값을 정하고 아이들의 치수를 잴 준비를 했다.
그러자 부인은 다리가 불편한 아이를 무릎 위로 안아올리
며 말했다.

　「이 아이의 발을 재 주세요. 불편한 발을 먼저 재서 한
짝을 만들고 성한 발에 맞춰서 세 짝을 만들어주세요. 두
아이의 발이 똑같거든요. 쌍둥이라서요.」

　세몬은 치수를 다 재고, 다리가 불편한 아이를 보며 말
했다.

　「어쩌다가 이렇게 되었어요? 참 예쁜데……. 태어날 때
부터 이랬나요?」

　「아니요, 생모의 실수로 그만…….」

　그때, 마트료나가 끼여들었다. 그녀는 부인과 아이들에

대해 궁금해졌다.

「그럼, 부인은 이 아이들의 엄마가 아닌가요?」

「예, 전 생모가 아니에요. 남이긴 하지만 제가 맡아서 키우고 있어요.」

「친엄마가 아닌데도 정말 귀여워하시네요.」

「어떻게 예쁘지 않을 수 있겠어요. 전 이 두 아이를 제 젖을 먹여서 키웠답니다. 제게도 친자식이 하나 있었는데 하느님이 데리고 가셨어요. 그렇지만 그 아이도 이 아이들만큼 귀여워하지는 못했어요.」

「그렇다면, 이 아이들은 누구의 아이들인가요?」

부인은 이야기를 풀어놓기 시작했다.

「6년 전 일이에요. 이 아이들은 태어난 지 일주일 만에 고아가 되었어요. 아빠는 아이들이 태어나기 사흘 전에 세상을 떠났고, 엄마는 아이들을 낳고 바로 눈을 감았지요. 그때 저는 남편과 함께 농사를 지으며 살고 있었는데 이 아이들의 부모와는 서로 가족처럼 지냈어요. 이 아이들의 아빠는 숲속에서 일을 하다가 나무에 깔렸어요. 집으로 옮겼을 때는 이미 하느님 곁으로 갔더군요. 그리고 나서 며칠 후에 쌍둥이를 낳았지요. 그렇지만 아이들 엄마는 가난한데다 돌봐주는 사람도 없었어요. 그러다 혼자서 아이를 낳고는 외롭게 죽어간 거예요. 다음날 아침 제가 집으로 찾아갔을 땐 가엾게도 이미 숨을 거두고 말앉더군요.

그런데 숨을 거두면서 한 아이 위로 쓰러졌는지 보시다시피 이 아이의 한쪽 다리가 눌렸어요. 마을 사람들이 모여서 시체를 씻기고 관을 만들어 장례를 치러주었지요. 다들 좋은 사람들이었어요. 그런데 남은 두 아이들이 문제였어요. 아이들을 누가 키워야 할지 걱정이었죠. 그런데 그곳에 모인 여자들 중에 젖먹이가 있는 건 저 하나뿐이었어요. 저는 태어난 지 8주밖에 안 된 사내아이가 있었지요. 그래서 당분간 제가 쌍둥이를 보살피기로 했어요. 마을 사람들이 상의한 끝에 제게 부탁을 하더군요.

'마리아, 당분간만 이 아이들을 맡아줄 수 있어? 그 다음은 우리가 어떻게든 해볼게.'

한 번은 성한 아이에게만 젖을 물리고 다리가 불편한 아이에게는 젖을 물리지 않으려고 했어요. 이 아이는 도저히 살아날 가망이 없다고 생각했거든요. 그런데 이 천사 같은 영혼을 이대로 두어선 안 된다는 생각이 들면서

이 아이가 불쌍해졌어요. 그래서 이 아이에게도 젖을 주기 시작했죠. 그러니까 제 아이와 쌍둥이 모두 세 아이를 제 젖을 먹여 키웠어요. 다행히도 제가 젊고 건강한데다 아이들이 잘 먹었기 때문에 가능했죠. 전 언제나 둘에게 한꺼번에 젖을 물리고 한 아이를 기다리게 했어요. 한 아이가 다 먹고 나면 기다리던 아이에게 젖을 먹였죠. 이렇게 하느님의 은혜로 이 두 아이들을 이만큼 키웠는데 제 아이는 두 살이 되던 해 그만 하느님 곁으로 가고 말았지요. 그리고 그 후론 자식을 주시지 않으셨어요.

그 후 살림 형편은 차츰 나아졌고 남편은 남의 일을 맡아서 했어요. 수입도 좋았고 사는 것도 편했지만 아이가 없으니 적적했죠. 만일 이 아이들이 없었다면 저 혼자 무슨 재미로 살았겠어요. 그러니, 제가 어떻게 이 아이들을 사랑하지 않을 수 있겠어요. 제게 있어 이 아이들은 촛불과 같은 존재인걸요.」

여인은 한 손으로 다리가 불편한 아이를 꼭 껴안으며

한 손으로는 흐르는 눈물을 닦았다.

마트료나도 한숨을 내쉬며 말했다.

「아이는 부모 없이 자랄 수는 있어도 하느님 없이는 살수 없다고 하더니, 정말 그런 것 같군요.」

여인은 세몬과 서로 잠시 이야기를 주고받은 뒤, 자리에서 일어났다.

세몬과 마트료나는 여인을 배웅하며 미하일 쪽을 돌아보았다. 그는 무릎 위에 손을 얹고 앉아 천장을 쳐다보며 빙그레 웃고 있었다.

세몬은 미하일 곁으로 갔다. 미하일은 의자에서 일어나 작업을 정리하고는 앞치마를 풀며 주인 내외에게 공손히 인사를 하고는 말했다.

「어르신과 부인, 이젠 떠나야겠습니다. 하느님께서 저를 용서해 주셨습니다. 당신들도 부디 절 용서해 주세요.」

그러자 미하일의 몸에서 갑자기 후광이 비쳤다. 세몬은 일어나 미하일에게 머리를 숙이며 말했다.

「미하일, 나도 자네가 평범한 사람이 아니라는 건 알고 있었네. 자네를 붙잡아서는 안 된다는 것과 그리고 자네에겐 물어서는 안 될 말이 있다는 것도 잘 알고 있네. 하지만 한 가지만 얘기해 주게나. 자네는 내가 자네를 발견하고 우리 집으로 데리고 왔을 때는 그렇게 어두운 표정을 하고 있더니 아내가 저녁을 준비해 주자 그걸 보고 웃었지. 하지만 그 이후로는 자네의 밝은 얼굴을 한번도 볼 수 없었네. 그 후에 어떤 신사가 장화를 주문했을 때 두 번째로 밝게 웃더니, 지금 저 부인과 여자아이들을 보고 세 번째로 웃었네. 미하일, 어째서 자네의 몸에서 밝은 빛이 나는지, 왜 자네는 세 번밖에 웃지 않았는지 그 이유를 말해 줄 수 있겠나?」

그러자, 미하일이 말했다.

「제 몸에서 밝은 빛이 나오는 것은 제가 지은 죄를 하느님께서 용서해 주셨기 때문입니다. 또, 제가 세 번밖에 웃지 않은 것은 제가 하느님의 세 마디 말씀을 깨달았기 때문입니다.

하나는, 주인마님께서 제게 친절히 대해 주셨을 때 깨달았습니다. 그래서 웃은 겁니다. 두 번째 말씀은, 어떤 신사가 장화를 주문하러 왔을 때 알았습니다. 그래서 두 번째로 웃었습니다. 그리고 지금, 저 두 아이들을 봤을 때

마지막 세 번째 말씀을 깨달았습니다.
그래서 세 번째로 웃었던 겁니다.」

　이 말을 들은 세몬이 말했다.

　「그렇다면 미하일, 자네는 무슨
일로 하느님께 벌을 받은 건가? 그 말씀이라는 것이 무엇
인지 나에게 말해 주지 않겠나?」

　미하일은 말했다.

　「하느님께서 제게 벌을 주신 것은 제가 하느님의 분부
를 거역했기 때문입니다. 저는 원래 천사였습니다. 하느
님은 제게 한 여인의 영혼을 거두어오라는 분부를 내리
셨습니다. 그래서 인간 세상으로 내려와 보니 그 여인은
아파서 누워 있더군요. 그 여인은 방금 그 쌍둥이의 엄마
였습니다.

　두 아기들은 엄마 품에서 꼼지락거리고 있었는데 엄마
에겐 이미 아이들에게 젖을 줄 힘조차 남아 있지 않았습
니다. 저를 본 그 여인은 하느님이 자신의 영혼을 불러들

이기 위해 보낸 것을 알고 흐느끼며 말했습니다.

'천사님! 제 남편의 장례를 치른 지도 얼마 안 됐고, 제 겐 형제, 자매도, 친척도 없습니다. 그러니 제발 절 데려 가지 마시고 이 아이들을 키울 수 있게 해주세요. 아이들 이 혼자 설 수 있을 때까지만이라도 보살필 수 있도록 도 와주세요. 아이들은 부모 없이는 살 수 없어요.'

그래서 저는 여인의 말을 듣고 한 아기에 게 젖을 물려주고 다른 아이는 엄마 품에 안겨주곤 하늘나라로 돌아왔습니다. 그 리고 하느님께 이렇게 말씀드렸죠.

'저는 그 여인의 영혼을 거둘 수 없습 니다. 그녀의 남편은 나무에 깔려 죽었 고, 그녀는 아이들을 낳고 시름시름 앓으며 제발 자기 영 혼을 거두지 말아달라고 애원했습니다. 제발 이 아이들이 자라서 혼자 설 수 있을 때까지 보살피게 해주세요. 부모 가 없으면 아이들은 살 수 없어요. 그래서 저는 그 여인의

영혼을 거두지 못했습니다.'

　그러자, 하느님께서 말씀하시길, '가거라, 그리고 그 여인의 영혼을 거두어 오거라. 그러면 세 가지 말의 뜻을 알 수 있을 게다. 〈인간의 마음속에 무엇이 있는가?〉〈인간에게 허락되지 않은 것이 무엇인가?〉〈사람은 무엇으로 사는가?〉 그리하여, 그것을 깨달은 다음 하늘로 돌아오너라.'

　그래서 저는 다시 지상으로 내려가 그 여인의 영혼을 거두었습니다. 그런데 엄마의 시신이 침대 위로 쓰러지면서 한 아이의 한 쪽 다리를 덮치고 말았습니다. 그러나 저는 마을을 떠나 그 여인의 영혼을 하느님께 바치기 위해 올라갈 수밖에 없었습니다. 그런데, 갑자기 거센 바람이 일더니 그만 제 날개가 부러져, 여인의 영혼만 하늘로 올라가고 저는 지상으로 떨어져, 쓰러져 있었던 것입니다.」

세 몬 과 마트료나는 자신들과 함께 지낸 사람이 누구인지를 알게 되자, 두려움과 기쁨으로 눈물을 흘렸다.

천사는 다시 말을 이었다.

「저는 혼자 벌거숭이가 된 채 버려졌습니다. 그때까지 전 인간의 괴로움도 모르고, 추위와 배고픔도 몰랐습니다. 그러다가 갑자기 인간이 되어버린 것입니다. 배는 고파 오고 몸은 얼어 가는 데 어떻게 해야 좋을지 몰랐습니다. 그때 문득 하느님을 섬기는 교회를 보고는 그곳으로 가 몸을 피하려고 했지요. 그런데 교회는 열쇠로 채워져 있어 들어갈 수 없었고, 바람이라도 피해 보려고 교회 뒤쪽에 앉아 있었지요.

날은 저물어갔고 허기는 더욱 심해지고 몸은 얼어 완전

히 지쳐 있었습니다. 그때 문득 사람의 발소리가 들려와 바라보니, 한 남자가 손에 털장화를 들고 혼잣말을 하며 걸어오고 있었습니다. 그때 저는 처음으로 언젠가는 죽어야 할 인간의 얼굴을 보며 두려움에 얼굴을 돌리고 말았습니다. 그런데 듣자 하니 그 남자는 이 추운 겨울을 어떻게 지낼 건지, 어떻게 처자식을 먹여 살릴 것인지 걱정하는 것 같았습니다. 그래서 전 생각했죠.

'아, 춥고 배고파 죽을 것만 같다. 그런데 저기, 자신과 아내가 입을 모피 외투와, 가족들이 먹을 빵을 걱정하고 있는 저 사람은 나를 도와줄 능력이 없겠군.'

그 사람은 저를 보고는 이마를 찡그리며 점점 무서운 얼굴로 변하더니 제 옆을 그냥 지나치더군요. 전 무척 실망했죠. 그런데, 다시 발소리가 들리더니 그 사람이 되돌아오고 있는 것이 아닙니까. 전 뒤돌아 봤지만 조금 전 그 사람이 아닌 것 같았습니다. 조금 전까지는 죽을상을 하고 있었는데 갑자기 얼굴에 생기가 돌아 있었습니다.

전 그 사람의 얼굴에서 하느님
의 모습을 보았습니다. 그 사람
은 제 옆으로 와서 저에게 옷을
입혀주고, 자기 집으로 데리고 가 주었습니다.

그의 집에 가니 그의 부인이 우리를 보며 투덜거리기
시작했습니다. 그 여인은 조금 전의 그 남자보다 더 무서
운 모습을 하고 있었습니다. 그녀의 입에서 뿜어져 나오
는 독기 때문에 숨을 제대로 쉴 수가 없었죠.

그 부인은 저를 밖으로 내쫓으려고 했습니다. 만일 그
대로 저를 내쫓았다면 그 부인은 금방 죽었을 겁니다. 그
때 갑자기 그녀의 남편이 그녀에게 하느님을 상기시켜 주
었습니다. 그러자, 그녀는 곧 태도가 바뀌었습니다. 그리
고 그녀는 저에게 저녁을 차려주었고, 저를 쳐다보는 그
녀의 얼굴에는 이미 죽음의 그림자가 사라지고 생기가 넘
쳐 있었습니다. 저는 그녀의 얼굴에서도 하느님의 모습을
보았습니다.

    그때 저는 하느님의 첫번째 말씀인, '인간의 마음속에 무엇이 있는가?'를 떠올렸습니다. 인간의 마음속에 있는 것은 바로 당신들이 저에게 베푼 사랑이었습니다. 저는, '하느님이 저에게 약속하신 일을 이렇게 보여주시는구나' 하고 기뻤습니다. 그래서 처음으로 웃었던 것입니다. 하지만, 아직 하느님의 말씀을 전부 알 수는 없었습니다. '인간에게 허락되지 않은 것이 무엇인가?', '사람은 무엇으로 사는가?' 이 두 말씀은 그때까지 알 수가 없었지요.

    제가 이 집에 온 지 1년이 흘렀습니다. 그러던 어느 날 어떤 신사가 와서 1년을 신어도 모양도 변하지 않고 이음새도 터지지 않는 장화를 만들어달라고 주문했습니다. 저는 그 신사를 보고 있는 동안 그 사람의 뒤에 제 친구인 죽음의 천사가 와 있는 걸 알아챘습니다. 저 말고는 누구도 그 천사를 보지 못했고, 그날 해가 지기 전에 그 신사의 영혼이 사라질 것을 저는 알고 있었습니다.

    그 사람은 1년 앞 일을 준비하고 있었지만 오늘 저녁까지만 살 수 있다는 것은 모르고 있었던 것입니다. 그래서, 하느님의 두 번째 말씀인, '인간에게 허락되지 않은 것이 무엇인가?' 라고 하신 말씀을 떠올렸습니다.

저는 인간의 마음속에 있는 것이 무엇인지 알고 있었습니다. 지금 또, 인간에게 주어져 있지 않은 것이 무엇인지도 알게 되었습니다.

인간은 자신의 육체를 위해 없어서는 안 될 것이 무엇인지를 알 수 있는 지혜를 가지고 있지 않지요. 그래서 전, 두 번째로 웃었던 것입니다. 친구인 천사를 본 것과 하느님께서 두 번째 말씀을 계시하신 것이 기뻤기 때문입니다.

하지만, 저는 전부를 깨닫지는 못했습니다. 아직 '사람은 무엇으로 사는가?' 를 알지 못했습니다. 정말이지 저는 계속해서 신세를 지면서 하느님의 마지막 말씀의 의미를 계시해 주실 때를 기다렸습니다. 그러다 6년째 되던 해, 쌍둥이 여자아이가 어느 부인과 함께 이곳에 왔습니

다. 저는 그 아이들이 죽지 않고 살아 있다는 것을 알게 되었습니다.

그 엄마가 아이들 때문에 살려달라고 부탁했을 때, 저는 그녀의 말을 믿고 부모 없이는 아이들이 살 수 없다고 생각했습니다. 하지만 다른 사람의 젖을 먹고도 이렇게 잘 자랐지요. 그리고 그 아이를 키워준 부인이 아이들 때문에 감동의 눈물을 흘렸을 때 전 하느님의 모습을 보았고, '사람은 무엇으로 사는가'를 깨달았습니다.

이렇게 해서 저는, 하느님께서 마지막 말씀을 제게 깨우쳐 주시고 절 용서하셨다는 것을 알고 세 번째로 웃었던 것입니다.

12

그러는 동안, 천사의 몸은 빛으로 둘러싸여 똑바로 쳐다볼 수 없게 빛났다. 그는 점점 큰 소리로 이야기했다. 그 소리는 그가 말하는 것이 아니라 마치 하늘에서 울려 나오는 소리 같았다.

「나는 모든 인간들이 자신만을 생각하며 살아가는 것이 아니라, 서로 사랑하며 살아간다라는 것을 알게 되었다. 아이들을 낳고 죽어가던 그 어머니는 아이들이 살아가기 위해서 무엇이 필요한지 알 수 없었고 또, 그 신사는 자기 자신에게 무엇이 필요한지 알 수 있는 힘이 없었다. 사실 누구에게도 자신에게 필요한 것이 살아서 신을 장화인지 아니면 죽어서 신을 슬리퍼인지 그것을 알 수 있는 힘은 허락되지 않는다.

내가 사람이 되었을 때 살아갈 수 있었던 것은, 내 스스로 자신의 일을 걱정했기 때문이 아니라, 길을 가던 한 사람과 그의 아내의 마음에 사랑이 있어 나를 불쌍히 여겨 보살펴주었기 때문이다.

또, 두 고아가 잘 자랄 수 있었던 것도 한 여자의 진실한 사랑이 있었기 때문이다. 그래서 모든 인간들이 살아가고 있는 것은 그들이 자기 자신을 걱정하기 때문이 아니라 사람들의 사랑과 보살핌으로 살아가는 것이다.

이전에도 나는, 하느님이 사람들에게 생명을 내리시어 그들이 잘 살기를 바라고 계신다는 것을 알고 있었지만, 지금 또 다른 한 가지를 깨닫게 되었다. 하느님께서는 사람들이 떨어져 사는 것을 원하지 않기 때문에 각자 자신에게 필요한 것이 무엇인지를 깨우쳐주지 않았으며, 서로 모여 살아가기를 원했기 때문에 사람들에게 자기 자신과 모든 사람에게 필요한 것이 무엇인지를 가르쳐주신 것이다.

　나는 이제야 깨달았다. 사람이 오직 자기 자신의 일을 생각하는 마음만으로 살아갈 수 있다고 하는 것은 그저 사람들의 착각일 뿐, 사람은 사랑의 힘으로 살아가고 있다는 것을. 사랑의 마음으로 가득 차 있는 자는 하느님의 세계에 살고 있는 것이고, 하느님은 그 사람의 마음속에 계시는 것이다. 왜냐하면, 하느님은 사랑이시기 때문에…….」

　그리고 천사는 하느님을 찬양하는 노래를 부르기 시작했다. 그러자, 그 소리가 울려 퍼져서 온 집안이 흔들리더니 이윽고 천장이 갈라지며 한 줄기 불기둥이 하늘로 솟아올랐다.

　세몬과 아내와 아이들은 일제히 땅에 엎드렸다. 그러자, 순식간에 미하일의 등에 날개가 돋더니 하늘로 올라가 버렸다.

　세몬이 정신을 차렸을 때는 집은 그대로였고, 집안에서는 세몬의 가족들 외에 그 누구의 모습을 찾아볼 수 없었다.

알퐁스 도데 *(Daudet, Alphonse : 1840 ~1897)*

알퐁스 도데는 1840년 남프랑스 님에서 태어나 13세 때부터
시를 쓰가 시작해, 1858년 처음이자 마지막 시집인 〈연인들〉을 발표하면서
본격적인 작품활동을 시작했다. 그는 자연주의의 거장인 플로베르,
졸라 등과 친교를 맺으며 문학적 기반을 다져 나갔으며,
유연한 감수성을 풍기는 독자적 작품을 남긴 프랑스의 대표적 서정 작가이다.
〈**별**〉은 사랑의 순수함을 시적 문체를 가지고 환상적으로 그려낸
그의 대표작이다. 주요 작품으로는
〈풍차 방앗간 편지〉, 〈월요이야기〉, 〈자크〉, 〈사포〉 등이 있다.

별

알퐁스 도데
별

뤼브롱산에서 양을
치던 시절, 나는 라브리라는 개
한 마리와 양들을 데리고 몇 주일
씩이나 사람들의 얼굴을 보지 못한
채 지냈다.

가끔 몽 드 뤼르의 수도자들이 약초를 캐러 그곳을 지
나거나 피에몽 근처에 사는 숯 굽는 남자들의 시커먼 얼
굴을 보는 일은 있었지만, 그들은 오랫동안 혼자 살아서
말도 별로 없고, 말하는 것에 별 흥미도 없었다. 그리고

그들은 아랫마을이나 거리에서 사람들 입에 오르내리는
이야기는 전혀 알지 못하는, 한마디로 세상사에 어두운
사람들이었다.

그래서 보름에 한 번 식량을 싣
고 비탈진 언덕을 올라오는 농장의
노새 방울소리가 울려 퍼질 때나, 귀여운
꼬마 미아로의 명랑하고 씩씩한 얼굴하
며, 나이 지긋한 노라드 아주머니의
갈색 모자가 언덕 위로 조금씩 보일 때
에는 정말 반가웠다.

그럴 때마다 나는 누가 세례를 받고, 누가 결혼했는지
하는 이런저런 소식을 듣곤 했다. 그 중에서도 가장 궁금
한 소식은 주인집 딸인, 마을에서 제일 예쁜 스테파네트
아가씨가 어떻게 지내고 있는가 하는 것이었다. 겉으로는
그다지 관심 없는 척하면서도 아가씨가 요즘에도 저녁 초
대를 받아 자주 파티에 가는지, 여전히 아가씨에게 잘 보

이려는 젊은이들이 찾아오는지를 슬쩍 물어보았다. 가난한 양치기가 그런 것은 알아서 무엇하느냐고 묻는다면 나는 대답할 것이다. 그때 나는 스무 살이었고, 스테파네트 아가씨는 그때까지 내가 본 여자들 중에서 가장 아름다웠노라고.

그러던 어느 일요일, 기다리고 있던 이주일 치의 식량이 아주 늦게 도착한 일이 있었다. 아침나절에는 미사 때문이라고 생각했는데, 점심때가 되자 심한 비바람이 몰아치기 시작했고, 나는 그들이 날씨가 나빠 노새를 몰고 올 수 없을 거라고 생각했다.

드디어 3시경, 하늘은 씻은 듯이 맑게 개고 촉촉하게 젖은 숲이 햇빛에 빛나고 있을 때, 나뭇잎에서 물방울 떨어지는 소리와 불어난 계곡의 시냇물 소리 사이로 노새의 방울소리가 들려왔다. 부활절에 울려 퍼지는 종소리처럼 맑고 경쾌한 소리였다.

그런데 노새를 몰고 온 사람은 꼬마 미아로도, 노라드

아주머니도 아니었다. 바로……, 아가씨! 스테파네트 아
가씨였다.

아가씨는 비 갠 오후, 산 속의 상큼한 기운을 머금고 두
볼이 발갛게 물든 채 등나무 바구니 사이에 똑바로 걸터
앉아 있었다.

미아로는 앓아 누웠고, 노라드 아주머니도 휴가를 받아
식구들이 있는 집으로 갔다며, 아름다운 나의 스테파네트
아가씨는 노새에서 내리며 말했다. 그리고 도중에 길을
잃어 늦었다는 말도 덧붙였다. 그러나 꽃 모양으로 된 리
본과, 레이스 달린 예쁜 치마를 보니, 덤불 속에서 길을
잃어 헤맸다기보다는 숲속에서 춤이라도 추고 온 것처럼
보였다.

오, 사랑스러운 아가씨! 그녀는 아무리 봐도 싫증이 나
지 않았다. 정말 이렇게 가까이에서 아가씨를 보는 것은
처음이었다.

겨울날, 양 떼를 몰고 마을로 내려가 주인집에 저녁식

사를 하러 들어가면, 아가씨는 늘 예쁘게 차려 입고 약간
은 새침한 얼굴로 식당을 가로질러 가는 것을 볼 수가 있
었다.

아가씨는 한 번도 하인들에게 말을 건넨 적이 없었다.
그런 아가씨가 바로 지금 내 앞에 있는 것이다. 오직 나만
을 위해서……. 내 어찌 넋을 놓지 않을 수 있을까?

스테파네트 아가씨는 바구니에서 식량을 꺼내며 신기
한 듯이 주위를 둘러보기 시작했다. 그리고 하늘거리는
치맛자락을 살짝 치켜들고 울타리 안으로 들어왔다.

아가씨는 내 방을 보고 싶어했다. 내 잠자리며, 짚 위에
양 모피를 깔아놓은 마루, 벽에 걸려 있는 커다란 비옷,
지팡이, 총 등을 보며 무척 즐거워했다. 이 모든 것들이
아가씨에겐 신기하게 보이는 모양이었다.

「어머! 여기에 혼자 산단 말이야? 항상 혼자일 텐데 얼
마나 심심할까……. 주로 무얼하며 지내? 무슨 생각을
해?」

나는 '당신 생각을 하고 있습니다. 아가씨'라고 대답하고 싶었다. 사실 그렇게 말한다고 해도 거짓은 아니다. 그러나 너무 긴장한 나머지 한 마디도 할 수가 없었다. 아가씨는 그것을 눈치챘는지 짓궂은 농담에 당황해하는 내 모습을 재미있어 했다.

「여자 친구는 가끔 찾아오니? 아마도 황금빛 염소나, 산봉우리에서 뛰노는 예쁜 에스테렐 요정을 닮았을 것 같아.」

그런 말을 하는 아가씨야말로, 목을 뒤로 젖히며 사랑스럽게 웃는 모습이며, 갑자기 나타나 홀연히 사라져버리는 것이 영락없는 에스테렐 요정이었다.

「그럼, 안녕!」

「안녕히 가세요, 아가씨.」

이렇게 아가씨는 빈 바구니를 들고 떠났다.

경사진 오솔길 끝으로 아

가씨의 모습이 사라지자, 노새의 발굽에 차여 굴러가는 작은 돌멩이 하나 하나가 마치 내 가슴 위로 떨어지는 것만 같았다. 나는 그 소리를 하염없이 듣고 있었다. 그렇게 날이 저물 때까지, 그 꿈결 같은 순간이 흩어질까 두려워 꼼짝도 하지 않고 앉아 있었다.

저녁나절이 되어 계곡 아래로 푸른 빛이 띠기 시작하고, 양 떼들이 서로 몸을 비비며 우리로 들어올 무렵, 누군가 비탈길에서 나를 부르는 소리가 들렸다. 바로 스테파네트 아가씨였다.

아가씨는 얼마 전의 명랑하던 모습은 간 데 없고 추위와 두려움에 몸을 바들바들 떨고 있었다. 아마 조금 전에 내린 소나기로 범람한 소르그강을 무리해서 건너려다가 물에 빠질 뻔한 모양이었다. 무엇보다도 난처한 일은 이

148 별

미 날은 저물고 어두워져 집에 돌아가는 일은 생각조차 할 수 없게 되었다는 것이다. 지름길이 있긴 했지만 아가씨 혼자서 지름길을 찾아가는 건 무리였고, 그렇다고 양들을 두고 내가 나설 수도 없는 노릇이었다.

산에서 밤을 보내야 한다는 사실에 아가씨는 무척 놀라고 난감해했다. 무엇보다도 걱정할 식구들 생각에 아가씨는 더욱 안절부절못했다. 나는 아가씨를 안심시키기 위해 무슨 말이라도 해야 할 것만 같았다.

「7월의 밤은 아주 짧아요. 조금만 참으면 돼요. 아가씨…….」

나는 강물에 젖은 아가씨의 발과 옷을 말리기 위해 급히 불을 지폈다. 그리고 우유와 치즈를 가지고 왔다. 하지만 애처롭게도 아가씨는 불을 쬐려고도, 뭘 먹으려고도 하지 않았다. 아가씨의 두 눈에 눈물이 가득 고인 것을 보니 나도 울고 싶어졌다.

그러는 동안 주위는 서쪽 산꼭대기에 안개 같은 어렴풋

한 빛만 남기고 완전히 어두워졌다. 나는 아가씨를 목장 안에 들어가 쉬게 했다. 새로 깐 짚 위에 만든 지 얼마 안 된 깨끗한 모피를 깔고, 「안녕히 주무세요!」 하고 인사를 했다. 그리고 밖으로 나와 문 앞에 앉았다.

나의 열정은 피가 끓듯이 뜨거웠지만, 하늘에 맹세코 추호도 나쁜 마음은 품지 않았다. 단지 신기한 눈초리로 아가씨를 쳐다보고 있는 양 떼들 바로 옆에서, 세상의 어느 양보다도 소중하고 순결한 아가씨가 내 보호를 받으며 편히 쉬고 있다고 생각하니 마음이 뿌듯할 뿐이었다. 밤 하늘이 이렇게 깊고, 별들이 이토록 아름답게 빛나 보이기는 처음이었다.

그때 갑자기 작은 울타리의 문이 열리더니 아름다운 스테파네트 아가씨가 밖으로 나왔다. 아마도 잠이 오지 않는 모양이었다. 양들이 움직일 때마다 들리는 짚단 부스럭대는 소리하며, 이따금 「메에……!」 하고 울기까지 했으니 말이다. 그래서 아가씨는 모닥불 곁으로 오는 편이 낫다고 생각한 것이다.

나는 아가씨의 어깨에 양 모피를 덮어주고 불이 활활 더 잘 타오르게 장작을 넣었다. 그리고 아무 말도 하지 않고 나란히 앉아 있었다.

만약 당신이 산 속에서 밤을 지새워본 적이 있다면, 모두들 잠들어 있을 때 어떤 신비로운 세계가 고요함 속에서 가만히 눈뜨는 것을 느낄 수 있을 것이다. 샘물은 더욱 명랑하게 노래하고, 작은 불빛들은 연못 위에서 반짝이며 춤을 추었다. 산의 요정들도 마음껏 날개를 펼치고, 나뭇잎 스치는 소리와 풀잎 자라는 소리 같은 들릴 듯 말 듯한 작은 소리들이 메아리처럼 느껴졌다.

낮이 살아 있는 것들의 세상이라면, 밤은 죽은 것들의 세상이다. 밤은 그것에 익숙하지 않은 사람에게는 무서운

존재이다. 그래서 아가씨는 조금이라도 무슨 소리가 나면 몸을 바들바들 떨며 내게로 바싹 다가왔다.

그때 아래쪽 반짝이는 연못으로부터 길고 구슬픈 소리가 물결치면서 우리 쪽으로 메아리쳐 왔다. 바로 그 순간, 아름다운 별똥별 하나가 우리의 머리 위로 스쳐 지나갔다. 마치 저 길고 구슬픈 소리가 하나의 빛을 이끌고 가는 듯했다.

「저건 뭐지?」

스테파네트 아가씨가 작은 목소리로 물었다.

「천국으로 들어가는 영혼이에요.」

그렇게 말하고 나는 가슴에 성호를 그었다. 아가씨도 성호를 그었다. 그리고 잠시 뚫어져라 하늘을 올려다보더니, 나에게 물었다.

「목동들은 마법에 대해 알고 있다는데, 사실이야?」

「그럴 리가요. 아무래도 이곳에서 지내다 보면 별과 가깝게 지내니 산 아래에 있는 사람들보다 별에 대해 조금

더 알고 있을 뿐이죠.」

아가씨의 눈동자는 변함없이 하늘을 향해 있었다. 양
모피를 두르고, 손으로 턱을 받치고 있는 모습은 마치 하
늘나라의 귀여운 목동 같았다.

「어머, 많기도 해라! 어쩜 저렇게 예쁠 수가! 이렇게 많
은 별을 보기는 처음이야. 저 별들의 이름을 알고 있어?」

「그럼요. 저기 우리 바로 위에 있는 저 별은 '성 야곱의
길(은하수)'이에요. 저 별은 프랑스에서 곧장 스페인까지
뻗어 있어요. 그 옛날 용감한 샤를마뉴 황제가 사라센을
쳤을 때, 갈리스의 성 야곱이 저것을 만들어서 왕에게 길
을 알려줬죠.

더 멀리 있는 저것은 '영혼의 차(큰 곰 자리)'로, 네 개의
축이 빛나고 있어요. 앞에 있는 세 개의 별은 '세 마리의
야수'이고, 그 맞은편에 있는 작은 별이 '마부'예요. 그리
고 그 주위에 비 오듯이 마구 흩어져 있는 별들이 보이죠?
저 별들은 하느님께서 곁에 두고 싶어하지 않는 영혼들이

에요.

그 조금 아래에 있는 별은 '갈퀴'라고도 하고 '세 명의 왕(오리온)'이라고도 하는데, 우리들에게는 시계나 다름없죠. 저 별을 보면, 자정이 지났다는 것을 알 수 있어요. 저기서 남쪽 방향으로 조금 밑으로 내려가면, '장 드 밀랑(시리우스)'이 빛나고 있어요. 별 속에서 타오르는 햇불이죠. 이 별에 관해서는 양치기들 사이에 이런 이야기가 있어요.

어느 날 밤, '장 드 밀랑'이 '세 명의 왕'하고 '병아리바구니(북두칠성)'와 함께 친구 별의 결혼식에 초대를 받아 갔대요. '병아리 바구니'는 서둘러 먼저 나가 제일 높이 올라갔대요. 보세요. 저 높은 곳, 하늘 꼭대기 말이에요. '세 명의 왕'은 낮은 곳을 가로질러 '병아리 바구니'를 뒤쫓아갔어요. 그런데 게으름뱅이 '장 드 밀랑'은 그만 늦잠을 자다가

아주 늦어버렸어요. 화가 난 '장 드 밀랑'은 앞서가는 두 별의 걸음을 막으려고 갖고 있었던 지팡이를 던졌대요. 그래서 '세 명의 왕'은 일명 '장 드 밀랑의 지팡이'라고도 불리지요.

하지만 저 많은 별들 중에서 제일 아름다운 별은 뭐니 뭐니해도 우리들의 별, '목동의 별'이에요. 새벽녘에 양 떼들을 몰고 나올 때, 그리고 저녁나절 양 떼들을 몰고 들어올 때도 저 별은 우리들 위에서 반짝반짝 빛나고 있죠. 우리들은 저 별을 '마그론느'라고도 불러요. 아름다운 '마그론느'는 '피에르 드 프로방스(토성)'의 뒤를 쫓아가 7년마다 한 번씩 '피에르'와 결혼을 하죠.」

「별들도 결혼을 해?」

「그럼요!」하고, 별들의 결혼에 대해 이야기하려 했을 때, 어깨 위에 무언가 부드러운 것이 가볍게 누르는 듯한 느낌이 들었다. 그것은 잠이 들어 무거워진 아가씨의 머리였다. 아가씨는 리본과 레이스, 꼬불꼬불한 머리를 사랑스럽게 내 어깨에 기대어 별들이 아침 햇살을 받아 사라질 때까지 잠들어 있었다. 나는 가슴이 좀 두근거렸지만, 아름다운 생각만을 보내준 이 맑은 밤의 성스러움 속에서 잠든 아가씨의 모습을 가만히 지켜보았다. 우리를 둘러싸고 있는 별들은 양 떼와 같이 얌전하고 조용한 걸음을 재촉했다.

　나는 생각했다. 이 별들 중에서 가장 예쁘고, 아름답게 빛나는 별 하나가 길을 잃고 내 어깨에 기대어 잠들어 있다고……